파우스트 1

이 도서의 국립중앙도서관 출판예정도서목록(CIP)은 서지정보유통지원시스템 홈페이지(http://seoji.nl.go.kr)와
국가자료공동목록시스템(http://www.nl.go.kr/kolisnet)에서 이용하실 수 있습니다.
(CIP제어번호: CIP2009003145)

세계문학전집
009

Johann Wolfgang von Goethe : Faust

파우스트 1

요한 볼프강 폰 괴테 지음

이인웅 옮김

문학동네

차례 ▮

헌사*

너희 흔들거리는 모습들,** 다시 가까이 다가오는구나.
일찍이 한번 이 흐릿한 눈앞에 나타났던 모습들이여.
이번에는 나 너희들을 붙잡아, 놓치지 않게 되려는가?
내 마음은 아직도 옛날의 그 환상을 그리워하고 있는가?
너희들 마구 밀어닥치는구나! 그럼, 좋다. 그렇게 하라.   5
운무(雲霧)를 헤치고 내 주위로 솟아오르려무나.
내 가슴 청춘인 양 감동하는 것을 느끼나니,
너희 무리를 에워싼 마법의 입김 때문이리라.

---

* 1797년 6월 24일에 집필된 것으로 추정되는 「헌사」는 괴테가 오래 중단했던 『파우스트』를 다시 쓰면서 자신의 심경을 피력한 것임.
** 작가의 눈앞에 어른거리는 등장인물들로 파우스트, 메피스토펠레스, 그레첸, 헬레나 등을 말함.

너희들 즐겁던 시절의 영상들을 지니고 다가오나니,

사랑스러운 옛 그림자들* 무수하게 떠오르는구나.   10

반쯤 잊혀진 옛이야기와도 같이

첫사랑과 우정의 기억이 새롭게 피어오르는구나.

다시금 아픈 마음으로, 내 인생의 탄식은

미궁 속에 빠진 방황의 길을 다시 되풀이하는구나.

그리고 너희들은 아름답던 시절에 행복에 속아,   15

나보다 먼저 사라져간 선량한 사람들을 부르는구나.

그들은 뒤따르는 이 노래를 듣지 못하나니,

나 그 영혼들을** 위해 첫 노래들을 불러주었노라.

다정하게 만나던 모임은 산산이 흩어지고,

첫번째 메아리는 아아! 간데없이 사라져버렸구나.   20

나의 이 노랫소리 낯선 무리들의 귀에 울려퍼지니,

그들의 박수갈채마저도 내 마음을 두렵게 하는구나.

예전에 내 노래를 듣고 즐거워하던 존재들,

아직 살아 있다 해도, 세상에 흩어져 방황하고 있으리라.

오랫동안 잊었던 그리움이 나를 엄습하는데,   25

---

* 괴테가 처음으로 『파우스트』를 창작하던 젊은 시절의 친구들로 그레첸, 프리데리케, 로테, 릴리, 헤르더, 클링거, 슈톨베르크 백작, 야코비 그리고 이미 세상을 떠난 아버지, 코르넬리아, 메르크 등을 의미함.
** 괴테가 초기 『파우스트』를 읽어주던 고인이 된 친구들.

저 조용하고도 엄숙한 정령들의 나라에 대한 동경이라.

속삭이는 내 노랫소리, 나직이 울리는 아이올로스의* 현금처럼,

이제 여기에 불명료한 음조로 부동(浮動)하고 있노라.

나는 전율에 사로잡혀 눈물에 눈물을 흘리며,

굳었던 마음은 스스로 풀어져 부드러움을 느끼나니.　　　　　30

내가 소유한 것은** 멀리 있는 것처럼 보이고,

사라져버린 것은 다시 현실이 되어 나타나는구나.

---

* 그리스 신화에 나오는 바람의 신.

** 지금 내가 소유하고 있는 것, 즉 가족이나 친구들, 재물이나 지위나 신분 등을 말함.

무대 위에서의 서연(序演)

극단주, 극작가, 어릿광대

극단주

　자네들 두 사람은 이제까지도 그처럼 여러 번,

　위급할 때나 어려울 때에 나를 도왔으니,

　우리들의 이번 공연(公演)이 독일 땅에서,　　　　　　35

　어떻게 되어갈 것인가를 말해보게나.

　내 소망은 어떻게든 많은 사람들을 즐겁게 해주는 것이니,

　그들은 뭔가 인생을 배우고 남에게도 보이고 싶어하니까.

　기둥도 들어서고 판자들도 박아놓았으니,*

　사람들마다 이제 축제가 열리기만을 기다리고 있다네.　　40

---

* 18세기의 유랑극단은 대개 대목장터에 가설극장을 설치하였음.

관객들은 벌써 자리에 앉아 눈썹을 높이 추켜올리고는,
무엇인가 놀랄 일만 침착하게 기다리고 있단 말일세.
나도 군중의 정신을 주무르는 법쯤은 알고 있지만,
이번처럼 당황해본 적은 결코 없다네.
그들이 언제나 가장 훌륭한 연극만 보아온 것은 아니지만,   45
사람들은 그저 무시무시할 정도로 독서를 많이 했다네.
모든 것이 싱싱하고 새로우며, 또한 의미에 있어서도
마음에 드는 것을 만들기 위해서 어찌하면 되겠는가?
물론, 난 초만원의 무리를 보고 싶어서 그런다네.
구경꾼들의 물결이 우리의 연극막사로 몰려들며,   50
거듭하여 큰 소리로 악을 쓰면서
기어이 비좁은 은혜의 문을* 돌파해보겠다고,
밝은 대낮에 네시도 되기 전부터 벌써,
매표구에 다다르려 서로 밀치고 밀리면서 싸움을 하고,
마치 기아의 고난시절에 빵집 문 앞에서 빵을 다투듯,   55
표 한 장 사려고 목이 부러지도록 싸우는 모습 말일세.
이러한 기적을 가지각색의 인간들에게 실현시키는 것은
오직 작가뿐이니, 친구여, 오늘 한번 그렇게 해주게나!

극작가

오, 저 오색찬란한 군중에 대한 이야길랑 하지 마시오.

---

* 마태복음 제7장 13절의 천국으로 통하는 '좁은 문'에 대한 반어적 비유로서 극장 문을 뜻함.

그것들을 보기만 해도 우리들의 영감(靈感)은 도망친답니다. 60
저 물결치는 혼잡한 군중을 내 눈에는 보이지 않게 해주시오.
그런 건 우리 작가들을 어쩔 수 없이 소용돌이 속으로 이끌어간다오.
그래, 나를 조용한 천국의 한구석으로 데려다주시오.
오직 거기에서만 순수한 기쁨이 작가들에게 피어나며,
거기에서만 사랑과 우정이 우리 마음의 축복을 65
제신(諸神)들의 손으로 창조도 하고 길러내기도 하지요.

아아! 거기서 우리들 깊은 가슴으로부터 솟아나는 것,
입술이 수줍어하며 혼자 중얼거려도 보고,
때로는 실패도 하고, 때로는 간신히 성공하게 되는 것,
저 거친 순간의 힘은 이런 것들을 삼켜버리고 말지요. 70
어떤 때는 여러 해를 두고 계속 노력한 다음에야
비로소 완성된 형상으로 나타나기도 한다오.
찬란하게 반짝이는 것은 순간을 위해 태어나지만,
진실한 것은* 후세에도 없어지지 않고 남아 있단 말이오.

어릿광대

난 후세에 대한 이야기는 듣고 싶지 않소이다. 75
내가 후세에 대한 이야기를 하고 싶다고 가정한다면,
대체 지금 이 세상에는 누가 익살을 부려주지요?
현세도 익살을 원하고, 또 꼭 필요한 것이라오.

---

* 진실한 것, 참된 것이란 작품의 내적 가치를 의미함.

유능한 젊은이가* 현존(現存)한다는 것은

그것만으로도 벌써 어떤 의미가 있다는 생각이 들지요.　　　　　80

사람 기분을 편안하게 어루만져주는 재주를 가진 자는,

관객의 기분 따위로 크게 마음 상해하지는 않지요.

그는 구경꾼들이 많이 몰려들어,

그들의 마음을 뒤흔들어놓았으면 하지요.

그러니 손수 모범을 보이시어 훌륭한 것을 보여주소서.　　　　　85

공상에 이성(理性), 오성, 감성 그리고 정열 등

온갖 것들을 함께 어우러지게 하십시오!

그러나 꼭 기억해두십시오, 익살이 없어선 안 됩니다!

극단주

그러나 무엇보다도 사건이 많아야 할 것일세!

사람들은 구경하러 오는 것이며, 구경하길 제일 좋아한다네.　　　　　90

수많은 사건들이 눈앞에 전개되면,

관객들은 놀라서 입을 딱 벌릴 것이고,

그러면 자네의 명성은 멀리까지 퍼져나갈 것이며,

자네는 이름난 인기작가가 될 것일세.

수많은 군중은 큰 숫자를 통해서만 제어할 수 있으니,　　　　　95

관객들은 제각기 자기 좋은 것을 찾아내게 마련이지.

많은 사건을 내놓는 자는 많은 사람에게 뭔가를 내놓는 셈이니,

그러면 모두가 만족해서 집으로 돌아간다네.

---

* 젊은 배우를 뜻함.

하나의 작품을 공연할 때도 여러 조각으로 나눠서* 하게나!

그러한 잡탕쯤이야 자네는 쉽사리 해낼 수 있겠지.　　　　　　　100

공연해내기 쉬운 것이라면 생각해내기도 쉽겠지.

완전한 작품 하나를 내놓는다 해도 무슨 소용 있겠는가,

관중은 그걸 산산이 쥐어뜯어버리고 말 텐데.

극작가

그런 손재주가 얼마나 나쁜지 당신은 느끼지 못합니다.

그런 짓이란 진정한 예술가에겐 어울리지 않소!　　　　　　　105

그 더러운 불량배들의 서툰 졸작들이,**

내 생각에는 벌써 당신네 극단의 원칙이 된 모양이구려.

극단주

그런 비난쯤은 내겐 아무렇지도 않다네.

제대로 영향력을 발휘하고자 생각하는 사람이면,

가장 훌륭한 도구를 가지고 있어야 하는 법일세.　　　　　　　110

생각해보게, 자넨 부드러운 나무를 쪼개야 한다네.***

그리고 누구를 위해 글을 쓰는가를 명심하게!

관객들이란 지루해서 견딜 수 없을 때 찾아오고,

상다리 부러지도록 차린 음식을 배 터져라 먹고 오기도 하며,

그중에서도 가장 지독스런 것은,　　　　　　　115

---

* 작품의 효과가 가장 큰 부분만 골라 '여러 조각으로 나누어서' 공연함을 뜻함. 『빌헬름
마이스터의 수업시대』 제5장 5절 참조.

** 반어적 표현으로, 현재 애호받고 있는 작가들의 졸작을 말함.

*** 부드러운 나무를 쪼개는 데 육중한 도끼가 필요 없듯이, 일반 대중에게도 완성된 예
술품이 최상의 도구는 아니라는 뜻.

많은 자들이 신문 읽기에도 지쳐서 찾아온다는 것일세.

마치 가장무도회에 가는 것처럼 건성으로 우리에게 달려오니,

그런 발길이야 그저 호기심으로 찾아올 따름이라네.

부인네들이야 자기 인물과 화장을 최고로 내걸고,

급료도 받지 않고서 우리와 함께 연극을 한다네.   120

어찌하여 자넨 작가의 고귀성을 내걸며 꿈을 꾸는가?

극장이 가득 차면 어찌하여 자네는 즐거워하는가?

단골 관객들을 가까이에서 유심히 살펴보게!

그들의 절반은 냉담하고 나머지 절반은 생판이라네.

어떤 자는 연극이 끝난 다음 카드놀이를 희망하고,   125

어떤 자는 매춘부 품안에서 거친 밤을 지내고 싶어하지.

당신네 가련한 바보 양반들은 어찌하여

이런 목적을 위해 자비로운 미(美)의 여신을* 괴롭히는가?

자네에게 말하건대, 많이, 점점 더 많이만 내놓게.

그러면 자네 목표한 것에서 결코 빗나감이 없으리라.   130

관객들을 그저 혼란하게만 해보시라,

그들을 만족시키기란 어려운 일이라네……

자네, 무슨 생각 하고 있나? 황홀해하는가, 괴로워하는가?

극작가

나가서서 다른 하인을 구해보도록 하시오!

작가라는 최고의 자기 권리를,   135

---

* 뮤즈, 즉 그리스 신화에 나오는 제우스의 딸들로 예술의 여신들.

자연이 베풀어준 인간의 권리를,

당신을 위해 모독적으로 희롱시킬 수는 없소!

작가가 무엇으로 만인의 가슴을 감동시키겠소이까?

그는 무엇으로 사대(四大)원소를* 이겨내겠소이까?

그건 가슴에서 우러나와 세상을 다시 마음속으로 끌어들이는   140

조화로운 화음이 아니고 무엇이란 말이오?

저 대자연이 영원토록 길고 긴 실마리를**

무관심하게 계속 돌리면서 억지로 물렛가락에 감을 때,

삼라만상의 조화를 이루지 못한 무리들이

불유쾌하게 서로 착종하며 뒤엉켜 울려올 때,   145

언제나 동일하게 흘러가는 행렬들을 누가 생명력 있게 구분하며,

그들로 하여금 스스로 음률에 맞도록 움직이게 하겠소?

누가 개개의 것을 전체적인 축성(祝聖)으로 불러들여,

화려한 협화음 속에 울리도록 하겠소?

누가 폭풍우를 미친 듯이 날뛰도록 하겠소?   150

누가 저녁노을을 진지한 의미 속에 작열토록 하겠소?

봄날의 갖가지 아름다운 꽃잎들을 누가

사랑하는 임이 오시는 길 위에 뿌려주겠소?

누가 이름 없는 푸른 나뭇잎들을 엮어

여러 가지 훈공(勳功)의 명예로운 화관이 되게 하겠소?   155

* 자연의 사대원소, 즉 불, 물, 바람, 흙을 말함.
** 자연이 생명의 실을 짜는 직조인으로 비유됨.

누가 올림포스 산을* 견고하게 하며, 신들을 화합케 하겠소?

그것은 작가가 계시하는 인간의 힘이라오.

어릿광대

그렇다면 그 아름다운 힘을 사용하시어

시문학(詩文學) 장사 일을 열심히 해보시오.

마치 사람들이 사랑의 모험을 열심히 하듯이 말이오.　　　　160

사람들은 우연히 가까워져서 사랑을 느끼어 머물게 되고,

점차로 깊어져 한데 얽혀 인연을 맺으니,

행복이 자라나나 했더니 다음에는 싸움질이라,

황홀해하는가 했더니 곧바로 괴로움이 닥쳐오며,

눈 깜짝할 사이에 벌써 소설을 한 권 엮어내지요.　　　　165

우리도 이런 연극을 하나 내놓도록 합시다!

만상(萬象)의 인간생활 속으로 그냥 손을 뻗치기만 하십시오!

사람마다 그렇게 살고 있지만, 그걸 아는 자 별로 없으니,**

당신네들이 그걸 잡기만 하면 흥미진진할 것이외다.

오색찬란한 형상들 속에 명료한 것은 보기 어렵고,　　　　170

수많은 오류투성이에 진리란 단 한 번 반짝일 따름이니,

이렇게 하면 최고의 음료수가 빚어질 것이며,

이는 온 세상에 생기를 불어넣어 모두를 소생시키게 되리다.

그러면 가장 아름다운 청춘의 꽃송이들이

---

* 그리스에 위치한 2985미터 높이의 산으로, 그리스 신화에 의하면 신들이 이곳에서 살았다고 함.

** 인간생활이 무엇인지를 제대로 알고 있는 사람은 별로 없다는 뜻.

당신네 연극 앞에 모여 그 계시에 귀를 기울일 것이고,   175

그러면 사람마다의 섬세한 마음씨는

당신네 작품에서 감상에 젖은 자양분을 빨아들일 것이며,

그러면 때로는 이 마음, 때로는 저 마음이 감동하여,

사람마다 자기 마음속에 간직하고 있는 것을 보게 되리다.

이들은 동시에 울고 웃을 준비가 되어 있으며,   180

감동을 숭상하기도 하고, 가상(假像)을 좋아하기도 하지요.

이미 완성된 인간에겐 어쩔 도리가 없지만,

생성되고 있는 인간들은 언제나 감사할 것이외다.

극작가

그렇다면 내게도 그 시절을 다시 돌려주시오.

나 자신이 아직 생성되고 있었으며,   185

용솟음치던 노래의 우물이

끊임없이 새로이 솟아오르던 그 시절을.

안개가 아직 나의 세계를 감싸주고 있었으며,

꽃봉오리들이 아직 수많은 기적을 약속해주고,

나 아직 모든 산골짜기에 충만해 있던   190

수천 가지 꽃들을 꺾던 그 시절을.

그때 내겐 아무것도 없었으나 충분히 갖고 있었으니,

진리에 대한 충동과 환상에 대한 쾌락이 있었다오.

아무런 속박도 받지 않던 저 충동을 돌려주시오!

괴로움으로 가득 찬 그 깊고 깊은 행복을,   195

그 증오의 힘과 사랑의 위력을,

그리고 나의 청춘을 다시 돌려주시오!

어릿광대

친구여, 부득이 그대가 청춘을 필요로 할 때란,

전쟁터에서 적들이 그대에게 밀어닥칠 때,

사랑스럽기 한량없는 소녀들이   200

전력을 다하여 그대 목을 끌어안고 매달릴 때,

빨리 달리기 경주의 월계관이* 멀리

도달하기 어려운 골인 지점에서 눈짓하고 있을 때,

회오리바람처럼 돌아가는 격렬한 춤을 춘 다음

주연을 베풀어 술 마시며 밤들을 지새울 때올시다.   205

그러나 대담하고도 우아하게

이미 익숙해 있는 현악을 연주하며,

자기 자신이 설정한 목표를 향하여

즐겁게 방황하며 소요(逍遙)해가는 것이,

노인장, 당신네들 의무올시다.   210

그렇다고 당신네에 대한 존경심이 적어지는 건 아니오.

사람들이 말하듯 늙으면 어려지는 게 아니라,

늙어서도 우린 어린애처럼 지내는 것이라오.

극단주

그만하면 말은 충분히 교환했으니,

끝으로 내게 실제 행위를 보여주게나!   215

---

* 옛날에는 경주자들이 멀리서 볼 수 있도록 골인 지점에 월계관을 높이 세워놓았음.

자네들이 입에 발린 치사를 하고 있는 동안,

무엇이든 실속 있는 일을 해낼 수도 있으리라.

기분에 대해 아무리 이야기한들 무슨 소용이랴?

주저하는 자에겐 결코 기분이 나지 않는 법.

자네가 일단 극작가로 자처하고 나선 이상,   220

그 시문학에 한번 명령을 내려보게나.

우리가 필요로 하는 것은 자네도 잘 알고 있는 터,

우리는 독한 음료를* 마시고 싶어하니,

이제 지체 없이 그 술을 빚도록 하라!

오늘 이루어지지 않는 일은 내일도 못 하는 것이니,   225

단 하루도 헛되이 흘려보내서는 안 되느니라.

될 가능성이 있는 것은 과감하게 결심하고

즉시 그 기회를 포착해야 하리라.

그러면 결심은 그것을 놓치지 않으려 할 것이며,

그러지 않을 수 없기에 계속 일을 추진할 것이다.   230

자네들도 알다시피, 우리 독일 무대에서는

누구나 하고자 하는 것을 다 시험해보고 있으니,

오늘에 있어선 조금도 주저하지 말고,

무대의 배경이고 기계장치고 마음대로 사용하라.

크고 작은 하늘의 빛도** 사용하고,   235

---

* 여기서는 눈, 귀, 감정 등에 대한 강렬한 감각적 작용이나 인상을 뜻함.
** 해와 달을 말함. 모세 편, 제1장 16절 참조.

별들도 마구 쓰도록 하라.
물과 불과 암벽들은 물론,
동물과 새들까지 빠진 것이 없다네.
이 비좁은 판잣집 안에서라고는 할지라도
창조의 온갖 영역을 두루두루 돌아다니고,   240
조심성 있는 속도를 유지하며
하늘로부터 세상을 통해 지옥으로 소요하도록 하라.

천상의 서곡*

주님, 천상의 무리들.

후에 메피스토펠레스.

세 명의 대(大)천사, 앞으로 나온다.

라파엘

태양은 옛날 그대로 꿍꿍히 울리며

형제지간의 별들과** 노랫소리 겨루고,   245

미리 정해진 그의 여정을

우레 같은*** 걸음으로 다하는도다.

---

* 1800년경에 집필되었으며, 구약성서의 욥기, 제1장 6∼12절의 내용을 모티프로 함.
** 라파엘이 노래하는 형제지간과도 같은 별들의 창조상은 지구가 중심을 이루는 프톨
레마이오스의 세계상과 부합함.
*** 그리스의 철학자 피타고라스의 학설에 따르면, 태양과 다른 별들은 지구 주위를 돌

그 모습 천사들에게 힘을 주나니,

누구 하나 그 오묘한 이치를 알 수 없으나,

헤아릴 수 없이 지고한 창조의 업적

천지창조의 그날 그대로 장엄하도다.　　　　　　　　250

가브리엘

그리고 빠르게, 상상할 수 없이 빠르게

찬란한 대지(大地)는 그 주위를 돌고 있으니,

천국처럼 밝은 대낮이

몸서리나는 깊은 밤과 교차되는도다.　　　　　　　　255

바다는 드넓은 조류를 이루어

깊은 암벽에 부딪혀 솟아오르고,

바위도 바다도 영원히 빠른

천체의 운행 속에 이끌려가는도다.

미카엘

그리고 폭풍은 다툼을 하듯

바다에서 육지로, 육지에서 바다로 휘몰아치고,　　　　　260

성난 듯 그 주위에 심오한

작용의 사슬을 형성하는도다.

거기에 황폐하게 파괴하는 번갯불이

뇌성벽력을 앞질러 타오르고 있으나,

때 우레와도 같은 음(音: 천체 음악)을 낸다고 함. 인간은 그 능력에 한계가 있으므로 너무 작거나 큰 소리는 듣지 못하는 것임.

주여, 그렇지만 당신의 사자(使者)들은*   265

온화한 당신의 날이 다가옴을 찬미하나이다.

셋이서

그 모습 천사들에게 힘을 주나니,

누구 하나 당신의 깊은 뜻 헤아릴 수 없으나,

당신의 지고한 업적 모두가

천지창조의 그날 그대로 장엄하도다.   270

메피스토펠레스

아, 주님이여, 당신이 또 한번 가까이 다가와

우리들의 모든 일이 어떻게 되어가는지를 물으시고,

게다가 평소에도 보통 나 같은 놈을 즐겨 맞아주시니,

보시다시피 이렇게 나도 시종들 틈에 끼었소이다.

죄송하지만 나는 고상한 말은 할 줄 모르니,   275

전체의 무리가 날 비웃는다 해도 할 수 없소이다.

내가 고상한 체하면 당신은 틀림없이 웃어버릴 텐데,

만일 당신이 웃음을 잊어버리지 않았다면 말이오.

태양이니 세상이니 하는 것에 대해선 할말이 없소이다.

나는 그저 인간들이 괴로워하는 꼴만 보고 있지요.   280

지상의 작은 신이라 자처하는 놈들은 언제나 판에 박은 듯,

천지창조의 그날 그대로 괴상망측하지요.

차라리 당신이 하늘의 빛을 비춰주지 않았더라면,

---

* 사자들(Boten)은 그리스어 개념 천사 Engel에 대한 독일어 번역임.

인간들이 조금은 더 잘 살아갈 수 있을 텐데요.

인간은 그걸 이성이라 부르며, 285

어떤 짐승보다 더 동물적으로 살아가는 데만 쓰고 있지요.

말씀드리기 죄송하지만,

인간들이란 다리가 긴 여치와 같다는 생각이외다.

언제나 나는 듯하다가는 팔딱팔딱 뛰어가서는

곧 풀숲에 처박혀 케케묵은 옛 노래나 불러대지요. 290

풀 속에라도 그냥 가만히 앉아 있으면 좋으련만!

놈들은 쓰레기 더미를 보기만 하면 코를 쑤셔박지요.

주님

내게 할말이 그것뿐인가?

너는 언제나 불평만 늘어놓으러 찾아오느냐?

지상의 일이 네겐 영원토록 못마땅하단 말이냐? 295

메피스토펠레스

그렇소! 늘 그렇지만 그곳은 딱 질색이오.

비참한 나날을 살아가는 인간들이 하도 딱해서,

나조차 그 가련한 놈들을 괴롭히고 싶지 않을 정도요.

주님

그대 파우스트를 아는가?

메피스토펠레스

그 박사 말이오?

주님

나의 종이로다!*

메피스토펠레스

진정! 그자는 독특하게 당신을 섬기고 있지요.   300

그 바보가 마시고 먹는 것은 지상의 것이 아닌가 싶소이다.

부글거리는 마음이** 그자를 먼 곳으로 몰아가곤 하는데,

그도 자신의 바보짓을 반쯤은 의식하고 있지요.

하늘로부터는 가장 아름다운 별을 원하고,

지상으로부터는 갖가지 최고의 쾌락을 요구하지만,   305

가까이 있는 것이나 멀리 있는 것이나 모두

들끓는 그자의 가슴을 만족시키지 못하는가봅니다.

주님

그가 지금은 혼미한 가운데 나를 섬긴다 할지라도,

머지않아 나는 그를 명료한 곳으로 인도할 것이로다.

마치 정원사가 작은 나무가 푸르러질 때,   310

머지않아 꽃이 피고 열매가 맺을 것임을 아는 것과 같으니라.

메피스토펠레스

무슨 내기를 하겠소? 그자를 잃고 말 것이오.

당신이 내게 허락만 해준다면,

그자를 나의 길로 슬쩍 끌고 가리다!

주님

그가 지상에서 살고 있는 동안에는,   315

---

* 파우스트가 구약성서의 욥과 비교되고 있음. 그는 악마의 유혹을 받지만 신을 배반하지는 않음.

** 최고의 인식과 진리를 향한 내면적 충동.

네가 무슨 일을 하든 금하지 않겠노라.

인간은 노력하는 한 방황하는 법이니라.

메피스토펠레스

고맙소이다. 나는 이제까지 한 번도

죽은 놈을 잡고 즐겨 상대하진 않았으니까요.

내 가장 좋아하는 것은 통통하고 싱싱한 뺨이올시다.　　　320

송장이 찾아오면 난 집에 없다고 하지요.

나는 마치 고양이가 쥐를 만난 기분이라오.

주님

그럼 좋다. 그 일은 너에게 맡기겠노라!

그의 영혼을 근원으로부터* 끌어내어,

네가 그를 붙잡을 수 있다면,　　　325

어디 너의 길로 유혹하여 이끌어가보려무나.

그러나 넌 언젠가 부끄러이 다시 나타나 고백하게 되리라.

선(善)한 인간이란 어두운 충동 속에서도

올바른 길을 잘 알고 있다고 말이다.

메피스토펠레스

좋아요, 좋아! 오래 걸리지도 않을 것이오.　　　330

난 내기에 대해 조금도 걱정하지 않소이다.

내 목적을 달성하게 되면,

가슴 가득히 내 승리감을 맛보도록 해주시오.

---

* 근원, 즉 이상적인 노력, 학문적인 연구.

그놈은 쓰레기를 처먹게 될 거요, 그것도 게걸스럽게,

우리 아주머니뻘 되는 저 유명한 뱀처럼* 말이외다.   335

주님

그때에도 언제든 마음대로 찾아와도 좋다.

난 너와 같은 무리를** 한 번도 미워해본 적이 없노라.

부정(否定)을 일삼는 모든 정령들 중에서,

너 같은 익살꾼은 내게 조금도 부담이 되지 않는다.

인간의 활동이란 너무 쉽사리 느슨해지고,   340

인간은 무조건 휴식하기를 좋아하니,

내 기꺼이 그에게 동반자를 붙여주어,

그들을 자극하고 일깨우면서 악마 역할을 다하도록 하겠노라 ─

그러나 너희들, 진정한 신의 아들들이여,***

이 활기로 가득 찬 아름다움을 즐기도록 하라!   345

영원히 작용하고 살아가며 생성하는 것을,

사랑의 자비로운 울타리로 에워싸도록 하라.

그리고 흔들거리는 현상으로 부동하는 것을,

지속적인 사상으로 견고하게 붙들도록 하라.

(하늘이 닫히고 대천사들은 흩어진다.)

메피스토펠레스 (혼자서)

---

* 뱀은 아담과 이브를 유혹하여 지혜의 나무에서 금단의 과일을 따먹게 하고 인간을 타락시켰다고 함.
** 인간에게 신의 목적을 추진시켜주도록 되어 있는 모든 악령들을 말함.
*** 대천사들을 말함. 이들은 루시퍼와 같은 타락한 천사들과 대조를 이룸.

때로 저 노인을 만나는 게 즐겁단 말이야.
그래서 나 그와 사이가 나빠지지 않도록 조심하고 있지.
위대한 주님으로서는 너무 마음씨가 고와서,
악마까지도 이처럼 인간적으로 대해주는 것이겠지.

비극 제1부

밤

높고 둥근 천장을 이룬 협소한 고딕 식 방,

파우스트, 불안하게 책상 앞 의자에 앉아 있다.

파우스트

아아! 나는 이제 철학도,*

법학도, 의학도,   355

유감스럽게 신학까지도,

온갖 노력을 기울여 속속들이 연구하였도다.

그러나 지금 여기 서 있는 난 가련한 바보에 지나지 않으며,

---

* 중세 독일의 대학은 네 개의 학부, 즉 철학부, 법학부, 의학부, 신학부로 나뉘어 있었는데, 파우스트는 이를 모두 연구한 것임.

옛날보다 더 나아진 것 하나도 없도다!

석사님, 박사님이라는 소리를 들으며,   360

벌써 십여 년이란 세월 동안

위로 아래로, 이리저리로

내 학생들의 코를 잡아끌고 다녔을 뿐 ―

우리는 아무것도 알 수 없다는 것만 알게 되었구나!

이런 생각을 하니 정말 내 가슴이 타버릴 것 같구나.   365

하긴 나는 박사다, 석사다, 문필가다, 목사다 하는

온갖 멍청이들보다야 더 영리할 것이며,

나는 어떤 불안이나 의혹 따위로 괴로워하지 않고,

지옥이나 악마 따위도 두려워하지 않으니까 ―

그 대신에 내게선 모든 즐거움이 사라져버렸고,   370

무언가 올바른 것을 알고 있다는 자부심도 없으며,

인간들을 개선시키고 개종시키기 위해

무언가를 가르칠 수 있다는 생각도 들지 않는다.

또한 내게는 재산도 없고 돈도 없으며,

이 세상에서 누릴 명예나 영화도 없으니,   375

개라도 더이상 이렇게 살고 싶지 않으리라!

그래서 나는 마술에 몸을 맡겼으니,

정령의 힘과 말(言)을 빌려서

많은 비법을 교시받지나 않을까 해서이다.

그렇게 되면 더이상 쓰디쓴 비지땀을 흘려가며   380

나도 모르는 것을 지껄일 필요도 없고,

이 세상을 그 가장 깊은 내면에서
무엇이 다스리고 있는지를 인식하게 될 것이며,
그 모든 작용력과 근원을 관조해보고,
더이상 말소매상 노릇을 하지 않기 위해서이다.   385

오오, 너 온 누리에 가득한 달빛이여,
나의 고통을 비춰주는 것도 마지막이 되리라.
얼마나 허다한 밤에 나는 여기 이 책상 앞에서
네가 떠오르는 모습을 뜬눈으로 지켜보았던가.
그럴 때면 오오, 비애에 젖은 친구여,   390
너는 책과 서류들 너머로 나를 비춰주었지!
아아! 나 사랑스러운 너의 빛을 받으며
드높은 산 위를 거닐 수 있다면 좋으련만!
산마루동굴 주위에서 정령들과 더불어 노닐고,
어스름한 너의 빛을 받으며 초원 위를 거닐고,   395
온갖 지식의 혼탁한 연기로부터 해방되어
네 이슬에 흠뻑 몸을 적시고 싶구나!

슬프도다! 나 아직 이 감옥에* 갇혀 있단 말인가?
이 저주받을 답답한 벽 속의 구멍이여,
이곳엔 저 사랑스런 하늘의 빛까지도   400

---

* 파우스트가 자신의 비좁은 서재를 감옥이라고 느끼는 표현임.

채색된 창유리를 통해 침울하게 비쳐드는구나!
벌레들이 갉아먹고 먼지가 뒤덮인
책더미로 비좁아진 이곳에는,
높고 둥근 천장에 이르기까지
연기에 그을린 서류들이 가득 꽂혀 있구나.   405
갖가지 유리기구와 상자들이 사방에 둘려 있고,
여러 가지 실험기구들이 가득 들어차 있으며,
그 사이로 선조 대대로 물려오는 가재도구들이 가득 차 있는데ㅡ
이것이 너의 세계라니! 이것도 하나의 세계란 말인가!

그런데 아직도 너는 묻고 있느냐? 어찌하여   410
네 가슴속의 심장이 불안하게 두근거리는가를?
어찌하여 까닭 모를 괴로움이
네 모든 삶의 충동을 억제하는가를?
신은 인간을 자연 속에 만들어 넣어주었는데,
그런 생동하는 자연 대신에,   415
연기와 곰팡이 속에 너를 에워싸고 있는 것은
동물의 뼈다귀와 죽은 인간의 해골뿐이로다.

도망쳐라! 일어나라! 드넓은 세계로 나가거라!
그리고 노스트라다무스가* 친히 집필한,

---

* 프랑스의 의사이며 점성술사 미셸 드 노트르담(Michel de Notredame, 1503~1566)
의 라틴어 이름.

신비에 가득 찬 이 책,   420

이것이라면 너의 동반자로서 충분하지 않은가?

그러면 너는 별들의 운행을 깨닫게 되고,

자연이 너를 인도하게 되면,

그때는 네 영혼의 힘이 깨어나

정령과 정령이 어떻게 대화하는가를 알게 되리라.   425

그러나 여기에 앉아 메마른 생각만으로

저 성스러운 부적을 해명하려는 것은 헛된 일이다.

너희 정령들아, 너희는 내 곁에서 떠돌고 있구나.

내가 하는 말이 들리거든 대답해다오!

(파우스트, 책을 펼치고 대우주의 부적을* 바라본다.)

아아! 이것을 보노라니 갑자기 벅찬 환희가   430

온통 내 오관(五官)을 통해 흘러내리는구나!

젊고 성스런 삶의 행복이 새롭게 불타오르면서,

내 모든 신경과 핏줄을 통해 흘러드는구나.

이 부적을 쓴 자, 그이는 하나의 신이 아닐까?

이 부적은 광란하는 나의 내면을 진정시켜주고,   435

비참한 내 마음을 환희로 가득 채워주며,

신비에 가득 찬 충동으로

나를 둘러싼 자연의 힘들을 드러내 보여주는구나.

내가 신이 아닐까? 내 마음이 이렇게 밝아지다니!

---

* 이 부적은 대우주의 전체적 구조를 상징적으로 표현하고 있음.

나는 이 부적의 순수한 모습 속에서　　　　　　　　　440

자연의 섭리가 내 영혼 앞에 펼쳐지고 있음을 보게 되는구나.

이제야 비로소 나는 저 현인(賢人)의 말씀을 알겠노라.

"정령들의 세계가 닫혀 있는 게 아니라,

너의 오관이 닫혀 있고, 네 마음이 죽었노라!

일어나라, 학생들이여, 세속의 병든 가슴을　　　　　445

붉은 아침 햇빛 속에 끊임없이 씻어내도록 하라!"

(파우스트, 부적을 들여다본다.)

모든 개체들이 어울려 전체를 이루고,

하나가 다른 하나에 작용하며 살아가고 있구나!

하늘의 힘들이 오르내리며,

황금의 두레박들을 주고받고 있구나!　　　　　　450

축복의 향기 가득 풍기고 흔들거리면서,

모든 것이 하늘로부터 내려와 대지를 통해 밀려들고,

조화롭게 삼라만상을 통해 울려퍼지는도다!

이 무슨 장관인가! 그러나 아아! 하나의 구경거리일 뿐이로다!

나 너를 어디서 잡을 수 있겠느냐, 무한한 자연이여?　　455

너희 유방들이여,* 어디에서? 너희는 모든 생명의 근원,

하늘도 땅도 너희에게 매달려 있고,

시들어버린 가슴이 다투어 찾아가는 곳 —

---

* 유방은 학문과 인식의 원천이며, 결실의 상징으로 나타남.

너희는 샘솟으며 물을 대주는데, 나만 헛되이 애태워야 하는가?

(파우스트, 불쾌하게 책장을 넘겨서 지령地靈의* 부적을 바라본다.)

이 부적은 내게 어찌도 이리 다르게 작용하는가!   460

대지의 정령이여,** 그대가 내게 더 가깝구나.

내 모든 힘이 벌써 드높아지는 것이 느껴지며,

새로운 술에 취한 듯 벌써 몸이 달아오르는구나.

나 자신 과감히 세상으로 내던질 용기를 느끼고,

지상의 고통과 지상의 행복을 이겨나가며,   465

사나운 폭풍과도 맞붙어 싸울 것이고,

부서지는 배의 삐걱거림 속에서도 겁내지 않으리라.

내 머리 위에 구름이 피어오르고—

달은 그 빛을 감추며—

등불이 꺼진다!   470

연기가 피어오르고— 붉은 광선이

내 머리 주위에 경련한다— 둥근 천장으로부터

몸서리나는 돌풍이 불어내려

나를 엄습하는구나!

갈망하던 정령이여, 내 주위에 떠도는 것을 나 느끼노라.   475

모습을 드러내라!

하! 내 심장이 이다지도 갈가리 찢어지다니!

새로운 감정으로

---

* 지령, 즉 대지의 정령은 괴테 자신이 만들어낸 신화적 피조물임.
** 지구상의 모든 현상, 즉 생물의 생명 작용을 지배하는 정령.

내 오관이 온통 들끓는구나!

마음이 송두리째 네게로 몰두해 있음을 느끼노라!　480

나타나라! 나타나야만 한다! 내 생명을 바쳐도 좋다!

(파우스트, 책을 움켜잡고 정령의 부적을 신비스런 어조로 낭독한다.

붉은 불꽃이 널름거리고, 그 불꽃 속에 정령이 나타난다.)

정령

누가 나를 부르는가?

파우스트 (외면하고서)

　　　　　　흉측스런 모습이로다!

정령

그대는 나를 힘차게 끌어당기고,

나의 영역에서 오랫동안 젖을 빨더니,

그런데 이제는―

파우스트

　　　　　　슬프도다! 난 너를 견뎌내지 못하겠구나!　485

정령

그대는 숨막힐 지경으로 날 만나고자 갈망하였고,

내 목소리를 듣고, 내 얼굴을 보고자 했기에,

그대 영혼의 강력한 간청을 들어주려고,

나 여기 왔노라! ― 그 무슨 비참한 공포가

초인인* 그대를 사로잡는가! 영혼의 외침은 어디 갔는가?　490

＊ 천재, 영웅, 반신(半神)적 인간을 지칭하는 말로 여기서는 반어적으로 쓰였음.

자기 내면에 하나의 세계를 창조하여 이끌고 간직했던 가슴,

우리 정령들과 같아지려고 기쁨에 몸부림치며 부풀었던

그 가슴은 지금 어디로 갔단 말이냐?

너 파우스트, 어디 있느냐? 그 목소리가 내게까지 울려왔고,

온 힘을 다하여 나에게 덤벼들었던 그대가 아닌가?   495

내 입김으로 감싸이자마자,

생명의 근원으로부터 부들부들 떨며,

겁에 질려 움츠리고 있는 벌레가 바로 그대란 말인가?

파우스트

불꽃의 형상이여, 내 너를 피할까보냐?

나다, 내가 파우스트다, 너와 같은 존재이다!   500

정령

생명의 흐름에서, 행위의 폭풍 속에서,

위로 아래로 물결치며,

이리저리로 분주히 활동하노라!

탄생과 무덤,

영원한 바다,   505

교차되는 직조(織造),

타오르는 생명,

이렇게 나는 소란한 시간의 베틀에 앉아서

신성(神性)이 깃든 생생한 옷을* 짜노라.

---

* 자연의 모든 현상을 총체적으로 바라보고 그것을 신의 옷이라 간주하는 비유상.

파우스트

드넓은 세상을 떠돌아다니는 분주한 정령이여,   510

나 정말 너와 가깝다는 것을 느끼겠구나!

정령

그대가 닮은 것은 그대가 이해하는 정령이지,

내가 아니로다!

(정령, 사라진다.)

파우스트 (쓰러지면서)

네가 아니라고?

그럼 누굴 닮았단 말이냐?   515

신의 모상(模像)인* 나로다!

그런데 너마저 닮지 않았다니!

(문 두드리는 소리가 난다.)

이런, 제기랄! 알겠다 ─ 저건 내 조수로다 ─

아름답기 그지없는 행복이 허물어지는구나!

환영(幻影)들이 이처럼 충만한 것을   520

저 무미건조한 염탐꾼 놈이 방해하다니!

(바그너, 잠옷을 입고 잠잘 때 쓰는 모자를 쓰고, 손에 등불을 들고 등장한다. 파우스트, 불쾌하게 몸을 돌린다.)

---

* 이 '신의 모상'이란 개념은 모세 편, 제1장 1절에 나오는 말임.

바그너

미안합니다만, 선생님께서 낭송하시는 소릴 들었습니다.

틀림없이 그리스 비극을 읽고 계셨겠지요?

이런 예술에서 저도 뭔가를 배워 얻고 싶습니다.

요즘 세상에는 그런 것이 유행이니까요.   525

저는 종종 이렇게 칭송하는 소리를 들었는데,

희극배우가 목사를 가르칠 수 있다는 것입니다.

파우스트

그래, 목사가 희극배우라면 그렇겠지.

때가 되면 그런 일이 생길 수도 있듯이 말이야.

바그너

아아! 이렇게 연구실에만 늘 처박혀 있고,   530

축제일에나 겨우 세상 구경을 하는데,

그것도 멀리에서 망원경을 통해 구경하는 거라면,

어떻게 세상 사람들을 설득해 인도한단 말입니까?

파우스트

진심으로 느끼질 못한다면, 사람들을 사로잡진 못하리라.

영혼으로부터 우러나와서,   535

원초적으로 강한 즐거움으로

모든 청중의 마음을 몰아가지 못한다면 말일세.

그저 계속 앉아만 있어보라지! 아교풀로 붙여도 보고,

남들이 남겨놓은 향연의 찌꺼기로 잡탕을 끓여보고,

자네들의 빈약한 잿더미 속에서   540

보잘것없는 불꽃을 불러일으켜보라!

어린아이들이나 원숭이 같은 놈들의 경탄은 받겠지.

그런 것이 자네들 입맛에 맞는다면 그만이겠지만—

그러나 마음에서부터 우러나오지 않는다면,

결코 사람의 마음을 사로잡지는 못할걸세.   545

바그너

강연하는 것만이 연설자를 행복하게 해주지요.

그런 건 잘 느끼고 있지만, 거기까지는 전 아직 멀었습니다!

파우스트

성실하게 성공하는 길을 찾도록 하게!

소리만 요란한 바보가* 되지는 말아야지!

이성이 있고 올바른 생각만 있으면,   550

기교를 부리지 않아도 연설은 저절로 나오는 법일세.

자네들이 말하고자 하는 것이 진지하다면,

말마디를 꾸미려고 애쓸 필요가 있겠는가?

그래, 자네들 연설이 그토록 찬란하게 빛난다 해도,

그 속에 인생의 휴짓조각을 구겨넣은 것과 같으니,   555

가을날 메마른 나뭇잎 사이로 살랑거리는,

축축한 안개바람처럼 불쾌한 것이로다!

바그너

오, 맙소사! 예술은 길고,

---

* 궁중 어릿광대의 복장에는 움직일 때마다 요란한 소리를 내는 방울이 달려 있음. 터무니없는 선전으로 자기 존재를 돋보이게 하려는 바보를 지칭함.

우리의 인생은 짧습니다.[*]

제가 하는 비판적 연구에 몰두해 있을 때,   560

저는 종종 머리와 가슴이 답답해집니다.

우리가 원천에까지^{**} 거슬러올라갈 수 있는,

그 방법을 터득하기란 여간 어렵지 않습니다!

그 길 중간에도 다다르기 전에,

우리 같은 불쌍한 바보는 벌써 죽어야만 한답니다.   565

파우스트

그러면 고서(古書)들이^{***} 신성한 샘물과 같아서,

그걸 한 모금 마시면 갈증을 영원히 진정시켜준단 말인가?

그것이 자네 자신의 영혼에서 솟아나지 않는다면,

결코 상쾌한 마음을 얻지는 못할 것일세.

바그너

죄송한 말씀이오나, 크나큰 즐거움이 되는 것은,   570

우리 자신 여러 시대의 정신 속으로 되돌아가서,

우리들 이전에 현자(賢者)들이 어떤 생각을 하였고,

우리가 그것을 얼마나 찬란하게 발전시켰나 관찰하는 것입니다.

파우스트

오, 그래, 별들에 이르기까지 멀리 발전시켜보라!

---

* 히포크라테스(B.C. 460~377)가 이미 말한 '예술은 길고 인생은 짧다(Ars longa vita brevis)'라는 라틴어 격언의 변형임.

** 바그너는 고대 문학과 학문을 모든 진리의 원천이라 생각하고 있음.

*** 원어는 'Pergament(양피지)'이지만, 옛 책들이 양피지에 씌어졌으므로 고서를 의미함.

이 사람아, 과거의 시대들이란   575

우리에겐 일곱 개의 봉인이 찍힌 책과* 같다네.

자네들이 시대의 정신이라고 부르는 것,

그것도 근본적으론 여러 현자들 자신의 정신으로서

그 속에 여러 시대가 반영되고 있는 것일세.

그러기에 실은 때때로 비참한 일이 생기곤 한다네!   580

사람들이 자네들을 보기만 해도 도망치는 형편이지.

쓰레기통이나 너절한 잡동사니를 넣어두는 창고,

기껏해야 커다란 국가적 사건을 취급한 역사극인데,**

거기에다 허수아비들 구미에나 제대로 어울릴

그럴듯한 실용적 격언들을 덧붙여놓은 정도니까!   585

바그너

그러나 이 세상! 인간의 심정과 정신!

누구라도 그런 것을 어느 정도는 인식하고자 합니다.

파우스트

그래, 그런 것을 인식이라고 말한다면 그렇겠지!

그런데 누가 어린아이를 진정한 이름으로 부를 수 있을까?

그것을 조금이나마 인식했던 극소수의 사람들은,   590

너무나 바보스럽게도 충만한 자기 마음을 간직하지 못하고,

천한 무리들에게 그들 감정, 그들 통찰을 계시해주었는데,

---

* 요한복음의 계시와도 같은 일곱 개의 봉인이 찍힌 비밀의 책.

** 17~18세기 초에 유랑극단이 위대한 인물들의 흥망성쇠를 서술하고, 역사적 정치적
갈등을 주제로 다룬 드라마로 드레스덴에서 많이 공연됨.

예로부터 세상은 그들을 십자가에 못 박고 불태워 죽였다네.[*]

여보게, 미안하네만 밤도 깊었으니,

오늘은 여기서 이야기를 끝내기로 하세.   595

바그너

저는 언제까지나 잠도 자지 않고 기꺼이,

선생님과 이렇게 학문적인 이야기를 나누고 싶습니다.

그러나 내일, 부활절(復活節) 첫날에

한두 가지 질문을 하도록 허락해주십시오.

지금까지 저는 열성적으로 연구에 몰두하였고,   600

이미 아는 것도 많지만, 저는 모든 것을 알고 싶습니다.

(퇴장)

파우스트 (혼자서)

어찌하여 저 인간에게는 모든 희망이 사라지지 않을까?

언제까지나 부질없는 사물에 달라붙고,

탐욕스런 손으로 금은보화를 캐내고자 하며,

지렁이라도 발견하게 되면 기뻐하고 있다니!   605

저런 인간의 목소리가 여기, 정령들의 기운이 가득

나를 감싸고 있는 이 방에서 울려도 좋단 말인가?

그러나 아아! 이번만은 나 너에게 감사하노라.

모든 지상의 아들들 중에서도 가장 가련한 너에게.

---

[*] 그리스도는 십자가에 못 박히고, 얀 후스와 조르다노 브루노 등은 화형을 당함.

너는 나의 감각을 이미 송두리째 파괴하려 했던
절망으로부터 나를 구출해주었느니라.
아아! 그 정령의 모습이 너무나도 거대했기에,
나 자신은 진정 난쟁이처럼 느끼지 않을 수 없었노라.

신과 같은 모습을 지닌 나는, 이미
영원한 진리의 거울에 아주 가까이 왔다고 생각했고,
하늘의 광채와 청명함 속에서 자신을 향유하며,
지상의 아들이라는 옷을 훌훌 벗어버렸도다.
천사 케룹*보다도 더 위대한 나는, 이미
그 자유로운 힘이 자연의 혈관을 통해 흐르며,
창조하면서, 신들의 생활을 누리겠다는
예감에 가득 차 있었는데, 이 무슨 회개할 일이란 말인가!
우레 같은 한마디가 나를 완전히 절망케 하였도다.

나 감히 너와 닮으려 해서는 안 된단 말인가!
나 너를 끌어당길 힘은 가졌으나,
너를 붙잡아둘 힘은 없었구나.
저 거룩한 순간에
나 얼마나 왜소하게, 또 얼마나 위대하게 느꼈던가.
너는 무자비하게도 나를 다시,

---

* 날개 달린 천사의 이름.

불확실한 인간의 운명 속으로 밀어넣었다.

누가 날 가르칠 것인가? 난 무엇을 피해야 한단 말인가?   630

저 억누를 수 없는 갈망을* 따라야만 할 것인가?

아아! 우리의 고통과 마찬가지로 우리의 행위까지도,

우리들 생(生)의 앞길을 가로막는구나.

우리의 정신이 획득한 가장 훌륭한 것에까지도,

점점 더 이상스런 물질이 끊임없이 달라붙는구나.   635

우리가 이 세상의 선(善)에 도달한다 해도,

보다 더 선한 것이 이를 허위와 환상이라고 부르는도다.

우리에게 생명을 부여해준 화려한 감정들도,

어수선한 속세의 혼잡 속에서 마비되고 마는구나.

공상이란 평상시에는 대담한 날개를 펴고   640

희망에 부풀어 영원한 것으로까지 확대되다가,

기대했던 행복이 시대의 소용돌이 속에서 연달아 파멸하면,

이젠 조그마한 공간으로도 만족해버리고 만다.

근심은 곧 마음속 깊은 곳에 둥지를 틀게 되고,

거기에 남모르는 고통을 움트게 하고,   645

불안스레 흔들거리며 기쁨과 안식을 방해하는도다.

근심은 끊임없이 새로운 가면을 뒤집어쓰니,

---

* 마술의 힘을 빌려 초지상적(超地上的) 요소를 탐구하려는 충동을 말함. 이로 인해 파우스트는 지금의 절망에도 불구하고 훗날 악마와 계약을 맺을 동기를 가지게 됨.

집과 농장으로, 아내와 자식으로 나타나기도 하고,
불과 물, 비수와 독약의 모습이 되기도 한다.
그리하여 그대는 온갖 상관없는 일들 때문에 떨게 되고,   650
잃지도 않은 일 때문에 항상 눈물을 지어야만 하는 것이다.

난 신들을 닮지는 않았다! 이것이 뼈저리게 느껴지는구나.
나는 쓰레기 속을 파헤치고 있는 벌레를 닮았도다.
쓰레기 속에서 영양분을 빨아먹으며 살아가는 동안,
나그네의 발길에 짓밟혀 매장돼버리는 그런 벌레를.   655

이 높은 벽을 수백 칸으로 갈라놓으며,
내 주위를 비좁게 하는 이것들이 쓰레기가 아닌가?
이 벌레 먹은 세계에서 수천 가지 쓸데없는 것들로,
나를 짓누르고 있는 저 잡동사니들도 쓰레기가 아닌가?
이 속에서 나 내게 없는 것을 찾아야 한단 말인가?   660
세상 어디에서나 인간들이 고통을 당했었고,
어쩌다 행복한 자가 한 사람쯤 있었다는 것,
그걸 이 수많은 책들 속에서 읽어내야 한단 말인가? —
텅 빈 해골바가지야, 어찌하여 나를 보고 징글맞게 웃는가?
너의 두뇌도 옛날에는 나와 같이 방황하며   665
밝은 날을 찾고, 어스름 속에 답답해하며,
진리를 찾고자 비참하게 헤매었겠지?
수레바퀴와 톱니바퀴, 원통과 손잡이가 달린

기구들, 너희도 물론 나를 조롱하고 있구나.

내가 문* 앞에 섰을 때, 너희는 열쇠가 되어야만 했었다.   670

너희들 쇠끝은 뾰족뾰족하였으나, 빗장을 열어주진 못하였다.

밝은 대낮에도 신비스런 비밀에 가득 싸여

자연은 그 베일을 벗기게 하지 않았으니,

자연이 너의 정신에 계시하기를 원치 않는 것은,

지렛대나 나사조이개를 써서 억지로 얻어낼 수가 없느니라.   675

내겐 아무런 소용도 없는 낡은 기구들이여,

너희는 내 선친께서 사용하셨기에 여기 놓여 있을 따름이다.

너, 등을 매다는 낡은 줄아, 이 책상 옆의 희미한 등불이

연기를 내뿜는 한 그 연기에 그을려야만 하리라.

나 이 얼마 안 되는 재산을 짊어지고 땀을 흘리느니,   680

차라리 이 하찮은 걸 탕진해버렸으면 좋았을 것을.

조상들로부터 상속하여 물려받은 것은,

그저 소유하기 위해 취득했을 뿐이로다.

사용하지 않는 재산이란 무거운 짐이 될 따름이며,

우린 순간이 창조하는 것만을 이용할 수 있는 것이다.   685

그런데 어찌하여 내 눈길은 저곳으로만 달라붙는 것일까?

저기 있는 저 작은 병이 눈을 잡아끄는 자석이란 말인가?

마치 어두운 숲속에서 달빛이 우리를 비춰주는 것처럼,

---

* 자연의 신비로 통하는 문.

어찌하여 내 마음이 갑자기 이리도 정겹게 밝아오는 것일까?

너 유일한 플라스크 병이여, 나 네게 인사를 하고,   690
이제 경건한 마음으로 이 아래로 내려오겠노라!
네 안에 들어 있는 인간의 지혜와 기술을 존경하노라.
너 자비로이 잠들게 하는 영액(靈液)이여,
죽음을 가져오는 모든 미묘한 힘의 정수(精髓)여,
이제 너의 주인에게* 은혜를 베풀어다오!   695
너를 바라보니, 고통이 가벼워지고,
너를 손에 잡으니, 의욕도 줄어드는 것이,
정신의 조류가 썰물처럼 서서히 빠져나가는구나.
망망대해로 나 떠밀려 나가니,
거울과 같은 물결이 내 발치에서 반짝이며,   700
새로운 날이 나를 새로운 강변으로 유혹하는구나.

불타는 수레** 하나가 경쾌하게 흔들거리며
내게로 다가온다! 난 마음의 준비가 되었음을 느끼나니,
새로운 길을 떠나 창공을 꿰뚫으며,
순수한 활동의 새로운 영역으로 나아가리라.   705
이 드높은 생활, 이 신성한 환희,

---

* 이 독약을 제조한 파우스트 자신을 가리킴.
** 구약성서 열왕기 하, 제2장 11절에는 예언자 엘리야가 불타는 수레를 타고 하늘로 올
라갔다는 내용이 있음.

아직 벌레 같은 네가 그것을 받을 자격이 있겠는가?

그래. 다정스런 지상의 태양에 대해서

결단코 너의 등을 돌리기만 하라!

누구나 살금살금 그 곁을 피해 지나가고자 하는   710

저 문을* 과감하게 박차고 나가려무나.

이제 때가 되었노라. 사나이의 위엄이란

신들의 권위도 피하지 않는다는 점을 행동으로 입증하고,

공상이 스스로의 고통을 만들며 저주하고 있는,

저 캄캄한 동굴 앞에서도 떨지 않으며,   715

그 좁은 입구에 온갖 지옥의 불길이 타오르고 있는

저 통로를** 향해 용감하게 나아갈 때가 되었다.

비록 허무 속으로 흘러들어갈 위험이 있다 해도,

명랑하게 이 발길을 옮기도록 결심할 때가 왔노라.

자, 이리 내려오라, 깨끗한 수정 술잔이여!   720

내 오랜 세월 동안 생각지 못하고 있던,

그 낡은 상자 속에서 이리 나오너라!

너는 조상들이 벌였던 즐거운 축제 때에 빛을 발하며,

한 사람이 다른 사람에게 너를 돌릴 때마다,

심각한 손님들을 명랑하게 해주었다.   725

예술적으로 화려한 수많은 그림들을 보고,

---

* 죽음의 문을 뜻함.
** 이승에서 저승으로 통하는 길.

그것을 운(韻)에 맞춰 읊조리면서, 단숨에

잔을 비우는 것이 음주가(飮酒家)의 의무였으니,

내 젊은 시절의 많은 밤들을 상기시켜주는구나.

나는 이제 널 어떤 이웃에게도 건네주지 않을 것이며,　　　　730

너의 예술에 대한 나의 재치도 보여주지 않으리라.

여기 빨리 사람을 취하게 만드는 즙이 있으니,

이 갈색 액체가 너의 빈속을 가득 채워주리라.

내 미리 준비하였다가 지금 선택하노니,

이 마지막 술잔을 이제 온 정성을 다 바쳐,　　　　735

성대한 축제의 인사로 새 아침을 위해 바치노라!

(잔을 입에 갖다댄다.)

(종소리와 합창 소리)

천사들의 합창

　　그리스도 부활하셨네!

　　인간들에 기쁨 있으리라.

　　몰래 기어들어 파멸로 이끄는,

　　대대로 이어지는 결핍에　　　　740

　　에워싸인 인간들의 기쁨이어라.

파우스트

　　저 깊은 웅웅대는 소리, 저 밝은 음조가,*

---

* 종소리와 합창 소리를 뜻함.

어찌하여 단호하게 내 입에서 술잔을 떼게 하는가?

저 은은한 종소리는 벌써

부활절의 첫 축제 시간을 알려주는 것인가?   745

너희 합창대는 벌써 위안의 노래를 부르는 것이냐?

그 옛날* 어두운 무덤가에서 천사들 입에서 울려나와,

새로운 결속(結束)의 확신을 주었던 그 노래를?

여자들의 합창

>   그윽한 향유로
>
>   그의 몸 발라주고,   750
>
>   우리 충성된 여인들,
>
>   주님의 몸 누였도다.
>
>   천과 끈으로
>
>   정결하게 염(殮)하였나니,
>
>   아아! 그리스도 이제   755
>
>   여기에 계시지 않네.

천사들의 합창

>   그리스도 부활하셨네!
>
>   사랑의 주님 복되도다.
>
>   슬픔 속에서,
>
>   구원과 단련의   760
>
>   수난을 이겨내신 주.

---

* 예수의 수난 다음주 첫날을 가리킴. 마태복음, 제28장 6절에는 마리아가 새벽에 예수
의 무덤에 갔을 때 천사가 나타나 예수의 부활을 알려주었다고 함.

파우스트

너희 천상의 음조들이여, 너희 힘차고 부드럽게

무엇을 찾는가? 이 쓰레기 속에 처박힌 나를 찾는가?

저기 마음씨 고운 사람들이 있는 데로나 울려퍼져라.

복음의* 소리는 잘 들리지만, 내게는 믿음이 없도다.　　　　765

기적이란 믿음이 낳은 가장 사랑스런 자식이니라.

자비로운 소식이 울려오는

저 영역으로 나는 감히 노력해 갈 수가 없구나.

그러나 어린 시절부터 저 소리에 익숙해 있었으니,

이제 그 음조가 나를 다시 삶 속으로 불러들이는구나.　　　770

옛날에는 엄숙한 안식일의 고요함 속에서,

천국 같은 사랑의 키스가 내게로 내려왔다.

그때 충만한 종소리는 예감에 가득 차 울려퍼졌고,

내 기도는 그래도 열렬한 즐거움이 되었었다.

말할 수 없이 감미로운 그리움이 나로 하여금,　　　　775

숲과 초원을 지나 방황하도록 휘몰아갔고,

거기서 나는 한없이 뜨거운 눈물을 흘리며,

하나의 세계가 생성되는 것을 느꼈노라.

저 노랫소리는 젊은이들에게 즐거운 놀이를,

봄날 축제의 자유로운 행복감을 예고해주었지.　　　　780

이런 추억이 이제 어린아이 같은 감정을 갖게 하여

---

* 부활절에 관한 복음의 소리.

나로 하여금 마지막 진지한 발걸음을 멈추게 하는구나.

오오, 계속 울려퍼져라, 너희 감미로운 천상의 노랫소리여!

눈물이 솟아오르고, 대지는 나를 다시 갖게 되었도다!

사도들의 합창

> 무덤에 묻히신 주님,   785
>
> 이미 하늘나라 가시고,
>
> 살아서 거룩하신 주,*
>
> 영화롭게 승천하시네.
>
> 생성하는 즐거움 속에
>
> 창조하는 환희에 가까우시니,   790
>
> 아아, 슬프게도 우리들은,
>
> 이 땅의 품에 안겨 있도다.
>
> 주님은 우리 사도들을**
>
> 애타게 여기에 남게 하시니,
>
> 아아, 우린 통곡하노라!   795
>
> 스승이여, 행복하소서!

천사들의 합창

> 그리스도 부활하셨네,
>
> 사멸의 품을 벗어나셨네.
>
> 너희도 모든 속박으로부터
>
> 즐거이 벗어날지어다!   800

---

* 살아서 거룩한 삶을 영위하는 자, 즉 예수 그리스도를 말함.

** 그리스도를 추종하는 사람들.

행동으로 주를 찬미하고,

몸소 사랑을 증명하며,

우애롭게 음식을 나누고,

선교의 길을 떠나,

환희를 약속하는 자,   805

너희에게 주님 가까이 오시고,

너희 위해 주님 계시는도다!

성문 앞에서

각양각색의 산책하는 사람들이 밖으로 나온다.

젊은 직공 몇 사람

왜 그쪽으로 가려는 거지?

다른 직공들

우린 사냥꾼 집 쪽으로 가는 길이야.

첫번째 직공들

그런데 우린 물방앗간 집 쪽으로 가려 하는데.   810

젊은 직공 한 사람

물가 집으로 가는 게 좋을걸.

둘째 직공

그쪽으로 가는 건 정말 재미없어.

두번째 직공들

그럼 넌 어떻게 하겠니?

셋째 직공

난 다른 사람들과 함께 가겠어.

넷째 직공

산성(山城) 마을로 올라가자. 가보면 알겠지만

거긴 여자들도 아주 예쁘고 맥주도 최고란 말이야.   815

게다가 싸움질도 한판 멋지게 할 수 있거든.

다섯째 직공

참, 어쩔 수 없는 자식이로군.

어디가 근질근질하냐? 이번이면 세번째야.

난 그런 곳엔 안 가. 생각만 해도 소름이 끼친다.

하녀

싫어, 싫어! 난 시내로 돌아가겠어.   820

다른 하녀

저 백양나무 있는 데 틀림없이 그이가 와 있을 거야.

첫째 하녀

와 있다 해도 내겐 좋을 게 없어.

그이는 네 곁에만 붙어다니고,

무도장에서도 너하고만 춤을 춘단 말이야.

네가 재미 보는데, 나와 무슨 상관이니!   825

둘째 하녀

오늘은 그이가 절대로 혼자 오지 않고,

그 고수머리 총각과 함께 나온다고 하더라.

학생

잠깐, 저 계집들 신나게 걸어가는 꼴 좀 보게!

이봐, 가자! 우리 저것들을 따라가보자.

독한 맥주에다 탁 쏘는 담배,   830

그리고 멋지게 치장한 계집, 이게 요즈음 내 취미야.

시민계급 아가씨

저 멋쟁이 학생들 좀 봐요, 글쎄!

정말이지 창피스런 일이에요.

얼마든지 훌륭한 교제를 할 수 있을 텐데,

저따위 하녀들 꽁무니만 따라다니니 말이에요!   835

둘째 학생 (첫째 학생에게)

너무 급히 서두르지 마! 저 뒤에도 둘이 오는걸.

둘 다 아주 예쁘게 차려입었어.

그중 하나는 우리 이웃집 처녀야.

난 그 처녀에게 홀딱 반해버렸어.

그들은 저렇게 얌전히 걸어가고 있지만,   840

결국엔 우리와 함께 가게 될 거야.

첫째 학생

야, 그만둬! 얌전을 빼는 건 귀찮아.

자, 빨리 가자! 저런 계집들을* 놓쳐선 안 돼.

---

* 젊은이들은 처녀들을 야생동물(Wildbret)로 간주하고 있음.

토요일에 빗자루를 들었던 손이,

일요일엔 자네를 최고로 어루만져줄 거야. 845

시민

그래, 새로 온 시장(市長)은 마음에 들지 않아!

시장이 되고 나더니, 이제 매일매일 거만해지고 있어.

그런데 시(市)를 위해 그는 대체 뭘 한단 말인가?

사정은 날이 갈수록 나빠지지 않는가?

우린 여느 때보다도 더 복종해야만 하고, 850

세금은 이전보다도 더 많이 내야 한단 말이야.

거지 (노래한다.)

착한 신사님들, 아름다운 아씨들,

차림새도 멋지고 혈색도 좋으셔라.

제발 덕분에 나를 좀 봐주시고,

제 고난 살피시어 적선해주십시오! 855

여기 제 노랫소리 헛되게 하지 마세요!

적선하는 사람만이 기쁘기도 하지요.

여러분이 즐기시는 이 하루가

제겐 추수의 날이 되게 하소서.

다른 시민

일요일이나 축제일에는 무엇보다도, 860

전쟁과 전쟁의 함성에 대한 이야기가 제일이지요.

저 뒤쪽 멀리 터키에서는

백성들이 서로 맞붙어 싸우고 있다오.

우리는 창가에 서서 술잔을 들이켜며,

가지각색 배들이 강물에 떠가는 모습을 바라보다가,　　　　865

저녁이 되면 즐거이 집으로 돌아와서,

평화와 평화스런 시대를 축복하는 것이지요.

셋째 시민

그렇소, 이웃 양반! 나도 마찬가지요.

그들이야 대가리가 깨져도 상관없고,

모든 게 엉망으로 뒤죽박죽이 돼도 상관없지요.　　　　870

우리들 집만 옛날 그대로 무사하면 그만이지.

노파 (시민계급 아가씨들에게)

아이, 곱기도 해라! 이 젊고 예쁜 아가씨들!

너희들에게 반하지 않을 사람 누가 있겠나? —

그렇게 시치미만 떼지 마요! 그만하면 됐어요!

아가씨들 소망쯤은 나도 들어줄 수 있다오.　　　　875

시민계급 아가씨

아가테야, 빨리 가자! 저런 마귀할멈과

남 보는 데서 같이 다니지 않도록 조심해야 돼.

하긴 성(聖) 안드레아 축젯날 밤에*

미래의 애인을 실물로 보여주긴 했지만.

다른 처녀

나에게도 수정 속에서** 애인을 보여주었어.　　　　880

---

* 성 안드레아 축제일 밤은 11월 29일 밤으로. 미혼 여성이 성 안드레아에게 기도하면 수정 속에서 미래의 애인을 볼 수 있다는 미신이 있음.

많은 용사들과 함께 있는 걸 보니 병사 같아.

그래 난 사방을 둘러보며 찾아보았지만,

아직 그런 사람은 만나지 못했어.

병사들

성곽이라면 드높은

담벼락과 견고한 총안(銃眼),   885

처녀라면 오만스럽고

비웃는 듯한 모습,

나 그런 처녀 갖고 싶어라!

고생도 크다지만,

대가도 훌륭하다!   890

나팔 소리 우렁차면

우리들은 전진한다.

즐거움을 향해서든,

멸망을 향해서든.

이것이 돌격이다!   895

이것이 인생이다!

처녀들과 성곽을

굴복시키고야 말리라.

** 점쟁이는 수정이나 거울 속에서 영(靈)과 그리운 임의 모습을 비춰볼 수 있다고 함.

고생도 크다지만,

대가도 훌륭하다!   900

이렇게 병사들은

용감하게 전진한다.

(파우스트와 바그너 등장)

파우스트

자비로운 봄날의 눈길에 생기를 얻어

큰 강물도 시냇물도 얼음에서 풀려나고,

산골짜기에는 희망의 행복이 푸르러지는구나.   905

늙은 겨울은 그 힘이 쇠약해져서,

거친 산 속으로 물러갔도다.

그는 도망을 치면서도, 산 속으로부터

낟알 같은 얼음의 힘없는 소나기를 뿌려서

푸르러지는 들판에 줄무늬를 그리누나.   910

그러나 태양은 흰 것을 하나도 허락지 않으니,

어디를 가나 형성(形成)과 노력이 꿈틀거리고,

태양은 만물(萬物)을 생동케 하려는 것이다.

그러나 이 지역에는 아직 꽃이 피지 않아,

대신 울긋불긋 차려입은 사람들을 모여들게 하는구나. 915

자네 몸을 돌려 이 높은 언덕으로부터

저 시내 쪽을 바라보게나.

공허하고 컴컴한 성문으로부터

오색찬란한 군중들이 몰려나오고 있다.

오늘은 저마다 즐겨 햇볕을 쬐고 싶은 것이다.　　　　　　　920

그들은 주님의 부활을 축하하고 있지만,

그것은 그들 자신이 부활했기 때문이니라.

나지막한 집들의 어두컴컴한 방들에서,

수공업 직공이나 상인으로서의 구속받는 일에서,

박공(牔栱)이나 지붕들의 중압에서,　　　　　　　　　　925

쥐어짜는 듯 협소한 거리들로부터,

교회당의 신성한 어둠 속으로부터,

그들 모두는 밝은 빛을 찾아 나온 것이다.

보라, 자, 보라! 얼마나 많은 사람들이 민첩하게도

정원이나 들판을 지나 흩어져가고 있는가.　　　　　　930

그리고 강물은 너비와 길이로 꽉 들어차게,

저렇게 많은 즐거운 나룻배들을 흔들어주고 있으며,

이제 마지막 남은 저 배마저 가라앉을 만큼

사람을 가득 싣고 떠나가지 않는가.

저 아득한 산의 오솔길에서까지도　　　　　　　　　　935

울긋불긋한 옷들이 아른거리는구나.

마을로부터 벌써 우글거리는 사람들 소리가 들려오니,

여기야말로 민중들의 진정한 천국이로다.

어른 아이 할 것 없이 모두 만족하여 환호성을 지르는구나.

여기서는 나도 인간이다, 여기서는 나도 인간이 되리라!　　940

바그너

　　박사님, 박사님과 더불어 산책한다는 것은

　　영광스러운 일이며, 또한 얻는 바도 많습니다.

　　하지만 저는 거친 것이란 모두 적대시하고 있기에,

　　혼자서는 이런 곳을 돌아다니지 않을 것입니다.

　　깽깽이 켜는 소리, 고함 소리, 구주희(九柱戱) 놀이 소리 따윈　945

　　제가 몹시도 싫어하는 소리들이랍니다.

　　사람들은 마치 악령에 쫓기듯 미쳐 날뛰면서,

　　그것을 즐거움이라 하고, 노래라고 한답니다.

　　(농부들, 보리수나무 아래에서 춤을 추며 노래한다.)

농부들

　　목동이 춤추러 간다고 단장하였네.

　　울긋불긋한 저고리, 댕기에다 화관 쓰고,　　　　　　　　　950

　　장신구까지 멋지게 달고 나왔네.

　　보리수나무 주위에는 벌써 사람들 가득,

　　모두가 미친 듯 춤을 추었네.

　　유헤! 유헤!

　　유헤이사! 헤이사! 헤!　　　　　　　　　　　　　　　955

　　깽깽이 소리 멋지게 울려퍼지네.

　　거기에 헐레벌떡 뛰어든 목동,

어쩌다가 팔꿈치로
어느 한 아가씨 찌르고 말았네.
싱싱한 그 아가씨 뒤돌아보며 하는 말,   960
아니, 이런 어리석은 수작을 하시다니!
유헤! 유헤!
유헤이사! 헤이사! 헤!
그런 버릇없는 짓일랑 그만두세요.

그러나 재빠르게 원을 그리며,   965
둘이는 바로 돌고 외로 돌며 춤을 추나니,
옷자락도 모조리 휘날리누나.
얼굴은 붉어지고 몸은 화끈 달아올라서,
둘이는 팔에 팔을 끼고 숨을 돌리네—
유헤! 유헤!   970
유헤이사! 헤이사! 헤!—
그러고는 팔로 허리를 감았네.

그렇지만 이렇게 정다운 체하지 마요!
수많은 세상 남자들, 자기 약혼녀까지
홀려놓고는 나 몰라라 버리지 않았던가!   975
그렇지만 목동은 아가씨 꾀어서 데리고 가니,
저 멀리 보리수나무 밑에서 울리는 소리.
유헤! 유헤!

유헤이사! 헤이사! 헤!

사람들 고함 소리와 깽깽이 소리.   980

늙은 농부

박사님, 정말로 친절하시게,

오늘까지도 우리를 업신여기지 않으시고,

우리 천한 백성들이 이렇게 들끓는 곳에,

대학자님의 높으신 신분으로 왕림해주셨군요.

그럼 새로 빚은 술로 가득 채운,   985

제일 멋진 이 술잔도 받아주십시오.

제가 이 잔을 올리며 소리 높이 소망하나니,

이는 박사님의 갈증을 진정시켜드릴 뿐만 아니라,

여기 담겨 있는 술 방울의 숫자 그대로가,

박사님 사시는 날에 더해지기를 축원합니다.   990

파우스트

그럼 새로운 활력을 주는 이 술을 받겠습니다.

여러분 모두에게 축복과 감사의 마음으로 보답합니다.

(군중들이 둥그렇게 그 주위에 모여든다.)

늙은 농부

정말이지, 이 즐거운 날에 박사님께서 나오시니,

이렇게 좋은 일이 어디 또 있겠습니까.

지나간 날 저희들이 역경에 처했을 때* 995

박사님께선 우리를 잘도 보살펴주셨지요!

박사님의 부친께서** 지독한 전염병을 막아주셨을 때,

무서운 고열(高熱)로 고생하던 사람들을

아슬아슬한 마지막 순간에 살려주셔서,

여기 이렇게 많은 사람들이 살아 있지요. 1000

그리고 박사님께서도, 당시엔 아직 젊으셨지만,

병원마다를 일일이 돌아보셨습니다.

허다하게 많은 시체들이 실려나갔지만,

박사님께선 아무 일 없이 건강하게 지내시며,

여러 가지 가혹한 시련을 이겨내셨지요. 1005

하늘의 돕는 자가 돕는 자를 도와주신 것입니다.

모두 함께

우리를 보호해주신 분께 건강을 주시어,

앞으로도 길이길이 도울 수 있도록 해주소서!

파우스트

저 하늘에 계신 분에게 경배하노니,

그분이 돕는 법 가르쳐주시고, 도와주셨지요. 1010

(파우스트, 바그너와 함께 계속해서 걸어간다.)

---

* 페스트가 만연했을 때를 말함.
** 요한 슈피스가 발행한 『민중본 파우스트』에 나오는 파우스트의 아버지는 농부인데, 여기서는 의사로 나옴.

바그너

　　오, 위대하신 선생님, 군중의 존경을 한 몸에 받으시니,

　　기분이 얼마나 좋으시겠습니까!

　　누구라도 자신의 재능으로 이러한 성공을

　　거둘 수 있다면, 아아, 얼마나 행복하겠습니까!

　　아버지는 자식에게 선생님을 본받으라 가르치고,　　1015

　　누구나가 물어보고 서로 밀치며 달려오고,

　　깽깽이 소리도 그치고 춤추는 사람들도 멈추니 말입니다.

　　선생님이 지나가시면, 사람들은 줄을 지어 늘어서고,

　　모자들이 공중으로 높이 날아오르니,

　　마치 성체(聖體)가* 거동할 때와 별 차이 없이,　　1020

　　모두가 무릎을 꿇어 경배할 것 같습니다.

파우스트

　　저 바위 있는 데까지 몇 걸음 더 올라가,

　　거기서 우리 산책길을 잠시 쉬도록 하세.

　　나는 때때로 생각에 잠겨 여기 혼자 앉아서,

　　기도와 단식으로 고행(苦行)을 했었네.　　1025

　　희망에 부풀고 믿음으로 확고한 채,

　　눈물을 흘리고 한숨을 쉬고 두 손을 비비면서

　　하늘에 계신 주님께 간청하여, 억지로라도

　　저 흑사병(黑死病)을 종식시키기로 생각했었네.

---

* 그 앞에서 모든 가톨릭 교도들이 무릎을 꿇는 성체, 성병(聖餠)을 말함.

지금은 저 사람들의 찬사가 조롱처럼 들린다네.   1030

오, 자네가 내 마음을 헤아릴 수 있다면 좋겠군.

사실 아버지와 그 아들인 나는

저런 칭찬을 받을 만한 가치가 없었다네!

나의 선친께선 어두운 영역에 대한 명인이셨는데,*

그는 자연과 그 성스런 영역에 대해서는   1035

독실했지만, 자신의 독특한 방법에 따라

시름에 찬 노력으로 연구에 골몰하셨네.

연금술사들과 어울려서,

컴컴한 부엌에** 틀어박혀 문을 닫아걸고는,

무진장한 방문(方文)에*** 따라   1040

서로 상반되는 것들을 조화시키려 하셨지.

그러면 대담한 구혼자인 붉은 사자가****

미지근한 목욕탕 속에서 백합과***** 혼인을 하게 되고,

그 다음 두 놈은 활활 타오르는 불꽃과 더불어,

이 신방(新房)에서****** 저 신방으로 가는 고초를 겪었지.   1045

그 다음에야 오색찬란한 색채를 띠며

---

* 파우스트의 아버지는 의사로 활동하기 위해 마술에도 관여하고 있음.
** 신비학에 능통한 연금술사들의 컴컴한 실험실을 뜻함.
*** 금을 제조하는 처방.
**** 금에서 취한 남성의 금속원소로 산화수은을 의미함.
***** 은에서 취한 여성의 금속원소로 염산을 의미함.
****** 이것은 원소들이 화학 작용을 일으키는 증류기 속에서 혼합되는 상을 말하는 것임.

젊은 여왕이* 유리그릇 속에 나타나는 것일세.

이것이 약(藥)이었는데, 환자들은 죽어나갔고,

완치된 사람 누구냐? 하고 묻는 사람 하나 없었다네.

이렇게 우리는 지옥과도 같은 탕약을 가지고,   1050

이 골짜기, 저 산천을 찾아다니며

흑사병보다도 더 흉악하게 날뛰었던 것일세.

나 자신 수천 명에게 그 독약을 주었는데,

그들은 말라 죽고, 나는 이렇게 살아남아서,

이 파렴치한 살인자들을 찬양하는 소릴 들어야 하는 걸세.   1055

바그너

어찌하여 선생님은 그런 일로 상심하십니까!

자기에게 전해진 의술(醫術)을,

양심적으로 정확하게 시행만 하면,

선량한 인간으로 할 일을 다한 게 아닐까요?

선생님이 젊으셨을 때 부친을 존경하셨다면,   1060

그분에게서 전수(傳受)받는 건 당연한 일이지요.

또 선생님이 어른이 되어 이 학문을 보다 발전시킨다면,

선생님의 아들은 보다 높은 경지에 다다를 수 있을 것입니다.

파우스트

오, 누구라도 이 미혹(迷惑)의 바다에서

아직 헤어날 수 있다고 희망하는 자, 얼마나 행복하랴!   1065

---

* 화학 작용의 증류액으로 만병통치약을 뜻함.

72

우리는 알지 못하는 것을 바로 필요로 하고,

우리가 알고 있는 것은 써먹을 수가 없도다.

그러나 이 아름다운 황금 같은 시간을

그따위 우울한 생각으로 망치지 말도록 하세!

저 광경을 보라, 작열하는 저녁햇살 속에   1070

푸른 숲에 둘러싸인 오두막집이 얼마나 빛나고 있는가!

해는 기울어 물러가며, 오늘 하루의 생명을 다하고,

서둘러 저쪽 나라로 달려가 새로운 생명을 재촉하는구나.

아아, 내가 이 땅에서 떠올라 어디까지든지

저 태양을 쫓아 끝없이 날아갈 날개가 없음이 슬프도다!   1075

그러면 영원한 저녁노을 속에서

고요한 세계를 내 발밑으로 볼 수 있고,

봉우리마다 황혼이 불타오르고, 골짜기마다 고요가 깃들며,

은빛 시냇물이 황금빛 강물로 흘러드는 걸 볼 수 있을 텐데.

그러면 수많은 골짜기를 거느린 험준한 산이라 해도   1080

신(神)처럼 날아가는 내 길을 막지 못할 것이고,

따스해진 만(灣)을 낀 바다가 벌써

깜짝 놀라는 내 눈앞에 전개되리라.

그러나 태양의 여신은 결국 잠겨버리는 듯하리라.

그러면 내게는 새로운 충동만이 눈을 뜨고,   1085

나는 태양의 영원한 빛을 마시기 위해,

밝은 낮을 앞에 안고 어두운 밤을 등에 지고,

위로는 하늘, 아래로는 파도를 바라보며 급히 달려가리라.

이렇게 아름다운 꿈을 꾸는 동안에 여신이 사라지는구나.

아아! 정신의 날개는 이렇게 가벼운데,　　　　　　　　　　1090

육체의 날개가 그에 어울려주지를 못하다니!

그러나 사람은 누구나 자기 감정을

위로 높이, 앞으로 멀리 이끌어가도록 타고났으니,

우리들 머리 위에 푸른 하늘로 사라져가며,

우짖는 종달새의 노랫소리가 울려퍼질 때,　　　　　　　　1095

가문비나무 험준하게 들어선 산봉우리 위로

독수리가 날개를 활짝 펴고 떠돌 때,

그리고 드넓은 평원을 지나고, 호수를 넘어

두루미 제 고향 찾아 날아갈 때 그러하니라.

바그너

저 자신도 가끔 시름에 찰 때가 있습니다만,　　　　　　　1100

그런 충동은 아직 한 번도 느껴보지 못했습니다.

숲이나 들판을 바라보면 곧 싫증이 나게 되고,

새의 날개 같은 건 결코 부러워하지 않을 겁니다.

그것은 정신의 기쁨에 이끌려 이 책에서 저 책으로,

이쪽에서 저쪽으로 읽어가는 것과 너무나 다르지요!　　　1105

그럴 때면 긴긴 겨울밤도 은혜롭고 아름다우며,

행복스런 생명이 온 사지(四肢)를 따스하게 해주지요.

아아! 그때에 귀중한 양피지 책이라도 펼치게 되면,

천국이 온통 선생님께 내려오는 기분이 된답니다.

파우스트

자네는 오직 한 가지 충동만을 알고 있군.   1110

오오, 결코 다른 하나의 충동을 알려고 하지 말게!

내 가슴속에는, 아아! 두 개의 영혼이 깃들어 있으니,

그 하나는 다른 하나와 떨어지기를 원하고 있다네.

하나는 음탕한 사랑의 쾌락 속에서,

달라붙는 관능으로 현세에 매달리려 하고,   1115

다른 하나는 억지로라도 이 속세의 먼지를 떠나,

숭고한 선조들의 광야(廣野)로 오르려 하는 것이다.

오오! 이 땅과 하늘 사이를 지배하며,

저 대기(大氣) 속에 떠도는 정령들이 있다면,

황금빛 해미 속에서 내려와,   1120

나를 새롭고 찬란한 삶으로 인도해다오!

그래, 마법의 외투라도 내 것이 있어서,

나를 미지의 나라로 데려다줄 수 있다면!

그것이 내겐 어떤 고귀한 의상보다도,

제왕의 외투보다도 훨씬 값진 것이 되리라.   1125

바그너

세상이 다 아는 마귀의 무리를* 부르지 마십시오.

그놈들은 대기 속에 흘러들어 넓게 퍼져서는,

---

* 대기의 정령으로 북쪽에서 불며 피부를 찌르는 한풍(寒風), 동쪽에서 불며 폐를 침해하는 건조풍(乾燥風), 남쪽에서 불며 열병을 가져오는 열풍, 서쪽에서 불며 호우를 가져오는 기만풍(欺瞞風)을 말함.

사방팔방으로부터 인간에게

천태만상의 위험을 가하려 하고 있습니다.

북방으로부터는 날카로운 이빨이 달린 마귀가   1130

화살처럼 뾰족한 혀를 가지고 선생님께 덤벼들고,

동방으로부터는 만물을 메마르게 하며 몰려와서는

선생님의 폐에서 양분을 빨아 살찌는 것입니다.

남방의 거친 사막에서 보내온 놈들은

선생님의 정수리에 계속적인 불길을 퍼부어대고,   1135

서방에서 몰려온 무리는 처음엔 생기를 주는 척하다가,

마침내는 선생님과 밭과 초원까지 물로 뒤덮어버리지요.

놈들은 해치기를 좋아하면서도 말을 잘 듣고,

우리를 속이고자 하기에 즐겨 순종하기도 하지요.

그놈들은 마치 천상에서 보내온 것처럼 꾸며,   1140

거짓말을 하면서도 마치 천사인 양 속삭입니다.

하지만 이제 돌아가시지요! 사방이 벌써 어두워졌으며,

공기는 싸늘해지고, 안개가 내리고 있습니다!

저녁이 되니 비로소 집이 소중하다는 걸 느끼게 됩니다—

그렇게 서서 놀란 듯 무엇을 바라보십니까?   1145

어스름 속에서 무엇이 그렇게 선생님 마음을 사로잡습니까?

파우스트

묘목과 그루터기 사이를 배회하는 검은 개가* 보이는가?

바그너

벌써부터 보았지만, 저는 별로 대수롭지 않게 생각되는데요.

파우스트

잘 살펴보게! 자넨 저 짐승이 무엇이라고 생각하나?

바그너

삽살개지요. 그놈의 버릇대로   1150

주인의 발자취를 찾느라고 애쓰는 것이지요.

파우스트

저놈이 널찍하게 달팽이 같은 원을 그리며

우리들 주위로 점점 가까이 다가오는 것을 알겠는가?

그리고 내가 잘못 보지 않았다면, 저놈이 지나간 자리에는

불꽃의 소용돌이가 뒤따라 끌려가고 있다네.   1155

바그너

제겐 검은 삽살개밖에 보이지 않습니다.

아마도 선생님께서 허깨비를 보신 게지요.

파우스트

내 생각에는 저놈이 미래의 유대를 맺기 위해서,

우리의 발에 마법의 올가미를 치고 있는 것 같구먼.

바그너

저놈은 불안하게 겁을 먹고 우리 주위를 뛰어다니는데,   1160

---

* 전설에 따르면 파우스트는 프레스티기아(Prestigiar)라는 눈이 빨간, 크고 검은 개를 소유했다고 함.

제 주인 대신 낯선 두 사람을 만났기 때문이겠지요.

파우스트

배회하는 원이 좁아지고, 벌써 가까이 왔구나!

바그너

보십시오! 한 마리의 개일 뿐, 마귀가 아닙니다.

그놈은 킁킁거리고 의심하며, 배를 깔고 엎드리는군요.

꼬리를 치기도 하구요. 모든 게 개의 버릇입니다.   1165

파우스트

이리 오너라! 이놈아, 우리와 함께 가자꾸나!

바그너

이놈 참 우스꽝스러운 짐승이로군요.

선생님이 발길을 멈추시면, 기다리고 있고,

무슨 말씀을 건네시면, 선생님에게 뛰어오르는군요.

무엇이라도 잃어버리시면, 그것을 찾아올 것이며,   1170

선생님의 지팡이를 찾아 물 속에라도 뛰어들겠습니다.

파우스트

자네 말이 맞는 모양이군. 정령의 흔적은

보이지 않고, 모든 것은 길들이기 탓이겠지.

바그너

제대로 잘 길들여진 개라면,

현명하신 분까지도 귀하게 여긴답니다.   1175

그렇지요, 이놈은 학생들 중에서도 훌륭한 학생이니,*

틀림없이 선생님의 귀여움을 받게 될 것입니다.

(파우스트와 바그너, 성문 안으로 들어간다.)

서재

파우스트 (삽살개를 데리고 들어오며)

　내가 들판과 초원을 떠나오니,

　깊은 밤이 그를 뒤덮고,

　예감으로 가득한 성스러운 두려움으로　　　　　　　　1180

　우리 마음속엔 보다 고귀한 영혼이 깨어나는구나.

　이제 거친 충동은 모두

　갖가지 과격한 행위와 더불어 잠들었고,

　인간의 사랑이 꿈틀거리고, 바야흐로

　신에 대한 사랑도** 꿈틀거리는구나.　　　　　　　　1185

　조용해라, 삽살개야! 이리저리 뛰어다니지 마라!

　여기 문지방에서 무슨 냄새를 맡고 킁킁거리느냐?

　제일 좋은 방석을 네게 주겠으니,

　저 난로 뒤에 가서 누워 있어라.

　저 바깥 산길에서 네가　　　　　　　　　　　　　　1190

---

* 이는 대학생들 사이에서 길들이는 것이 유행이었던 개를 의미함.

** 신을 진실로 사랑하는 데는 명확한 인식을 필요로 하는데, 파우스트에겐 이런 정신적 노력의 일면이 있음.

이리 뛰고 저리 달리며 우릴 즐겁게 해주었으니,
이제 반갑고도 얌전한 손님이 되어,
나한테서도 대접을 받으려무나.

아아, 우리들의 이 비좁은 방에
등불이 정답게 다시 켜지게 되면,   1195
우리의 가슴속도 밝아지고,
자신을 아는 마음속도 밝아진다.
이성은 다시 말을 시작하고,
희망도 다시 꽃피기 시작한다.
우리는 삶의 시냇물을 그리워하고,   1200
아아! 삶의 원천을 그리워하게 되는구나.

으르렁거리지 마라, 삽살개야! 지금 내 영혼을
송두리째 감싸고 있는 이 신성한 음향에는,
짐승의 소리가 어울리지 않느니라.
우리 인간들은 자기가 이해하지 못하는 것을   1205
조소하고, 때때로 귀찮게 여겨지면
선(善)과 미(美)를 보고서도 투덜거리는,
그런 꼴을 지금까지 흔히 보아왔느니라.
개도 인간들처럼 으르렁거리고 싶단 말이냐?

그러나 아아! 아무리 지극한 의지를 지닌다 해도,   1210

이 가슴에선 만족감이 더이상 솟아나지 않음을 느끼노라.

그런데 어찌하여 삶의 강물은 이다지도 쉽사리 고갈되어,

우리들은 다시금 목마름에 허덕여야만 한단 말인가?

그것은 내가 너무나 여러 번 경험한 일이다.

그러나 이러한 결핍은 스스로 보상을 받고 있으니,   1215

우리가 초지상적(超地上的)인 것을 숭상하는 법을 배우고,

하늘의 계시를 간절히 그리워하는 것이 그 방법이다.

그런데 그 계시란 신약성서에 나타난 것보다

더 존귀하고 아름답게 빛나는 곳은 없도다.

이제 나 그 원전(原典)을* 펼쳐놓고,   1220

성실한 마음으로 한번

그 성스러운 원문(原文)을

내 사랑하는 독일어로 옮겨보고 싶구나.

(파우스트, 한 권의 책을 펼쳐놓고 번역을 시작한다.)

기록하여 가로되, "태초에 말씀이** 있었느니라!"

여기서 벌써 막히는구나! 누가 나를 도와 계속토록 해줄까?   1225

나는 말씀이란 것을 그렇게 높이 평가할 수는 없다.

정령으로부터 올바른 계시를 받고 있다면,

---

* 신약성서의 원전은 그리스어로 되어 있음.

** 파우스트는 요한복음 첫 문장에 나오는 로고스(Logos)란 개념을 우선은 루터처럼
'말씀'이라고 번역함. 로고스는 말, 판단, 개념, 이성, 의미, 힘, 행위 등으로 번역할 수
있는 불멸의 본질로서, 그리스인은 이를 이성의 소리라 생각하고, 유대인은 신의 자의식
이라 해석함.

나는 이 말을 다르게 번역해야만 하겠다.

기록하여 가로되, 태초에 의미가 있었느니라.

너의 붓이 지나치게 서둘러 가지 않도록,   1230

첫 구절을 신중하게 생각하도록 하라!

만물을 작용시키고 창조하는 것이 과연 의미란 말인가?

이렇게 기록되어야 할지니, 태초에 힘이 있었느니라!

하지만 내가 이렇게 쓰고 있는 동안에,

벌써 그것도 아니라고 경고하는 것이 있구나.   1235

정령의 도움이로다! 갑자기 좋은 생각이 떠올라,

기쁜 마음으로 기록하노니, 태초에 행위(行爲)가 있었느니라!

내가 너와 더불어 방을 나눠 쓰고 있을진대,

삽살개야, 그렇게 으르렁거리지 마라!

그렇게 짖어대지도 마라!   1240

이렇게 방해하는 친구를

나는 가까이에 그냥 놓아둘 수가 없다.

우리 둘 중 하나가

이 방을 떠나야만 하겠다.

내키지는 않으나 손님의 권리를 취소하겠노라.   1245

저기 문이 열려 있으니, 마음대로 나가려무나.

그런데 대체 저게 무엇이란 말인가!

저절로 저런 일이 일어날 수 있을까?

이것이 환영(幻影)이란 말인가? 현실이란 말인가?

내 삽살개가 가로로 세로로 저렇게 커지다니!   1250

그놈이 기를 쓰며 일어나는구나.

저건 개의 형상이 아니로다!

웬 도깨비를 집 안으로 끌어들였단 말인가!

벌써 그놈은 하마(河馬)와 같은 모습이 되어,

불같은 눈길에 무시무시한 이빨을 드러내고 있구나.   1255

아하! 네놈의 존재가 확실해졌노라!

저런 절반쯤 지옥에서 태어난 악당 놈에게는

솔로몬의 열쇠가* 효험이 있으리라.

정령들 (복도에서)

저 안에 한 놈이 갇혔구나!

밖에서 꼼짝 말고 아무도 따라가지 말라!   1260

쇠 올가미에 걸린 여우처럼,

지옥의 늙은 살쾡이 겁을 내고 있구나.

그러나 주의해 보라!

이리 둥실 저리 둥실,

아래위로 둥둥 떠다니며,   1265

그놈은 틀림없이 빠져나오리라.

너희가 그놈을 도울 수 있다면,

---

* 『솔로몬의 열쇠』라는 18세기 마술서. 이스라엘의 왕이며 시인으로 중세 마술사라 전해
지는 솔로몬이란 사람의 이름에서 이 마술서가 히브리어에서 번역되었음을 알 수 있음.

그놈을 그대로 버려두진 마라!

우리 모두가 여러 가지로

벌써 그놈의 신세를 져오고 있으니까.   1270

파우스트

우선 저런 짐승에 대항하려면,

네 가지 주문(呪文)이* 필요하리라.

살라만더여,** 불타올라라,

운디네여,*** 굽이쳐라,

질페여,**** 사라져라,   1275

코볼트여,***** 수고하라.

이 사대원(四大元)을,

그 위력과

그 성질을

알지 못하는 자,   1280

정령을 다스릴 만한

위인이 되지 못하리라.

---

* 네 가지 주문은 원래 그리스의 철학자 엠페도클레스의 사대원소, 즉 불, 물, 바람, 흙과
연관시켜 괴테가 창안해낸 것임.
** 살라만더는 불의 정령(Feuergeist)으로 동양에서는 화(火).
*** 운디네는 물의 정령(Wassergeist)으로 동양에서는 수(水).
**** 질페는 바람의 정령(Luftgeist)으로 동양에서는 풍(風).
***** 코볼트는 흙의 정령(Erdgeist), 산의 정령(Berggeist)으로서 동양에서는 토(土).

불꽃 속으로 사라져라,

살라만더여!

한데 모여 쏴쏴 흘러내려라,   1285

운디네여!

유성(流星)처럼 아름답게 빛나라,

질페여!

집안일을 돌보아라,

인쿠부스!* 인쿠부스여!   1290

나타나서 끝을 맺어라.**

네 가지 중 어느 하나도

이 짐승 속에 박혀 있지 않구나.

저놈은 아주 침착히 누워서 나를 노려보는구나.

아직 놈에게 따끔한 맛을 보여주지 못했도다.   1295

네놈, 들어보라,

보다 강력한 주문을 들려주마.

너 이놈, 네놈은

지옥에서 도망친 놈이렷다?

---

* 원래는 꿈속에 나타나 사람을 괴롭히는 음탕한 요정이지만, 여기서는 흙의 정령 코볼트를 가리킴.
** 가면을 벗고 정체를 나타내라는 뜻임.

그럼 이 부적을* 보라!   1300
이 앞에선 암흑의 마귀들도,
머리를 굽히고 마느니라!

놈은 벌써 까칠까칠한 머리털을 곤두세우며 부풀어오르는구나.

이 저주받을 놈아!
너 이것을** 읽을 수 있겠느냐?   1305
그분은 한 번도 싹튼 일이 없으며,
말로써 이야기된 적도 없고,
온 하늘에 가득 흘러넘치고,
참혹하게 못 박힌 분이시다.

난로 뒤에 갇힌 채,   1310
놈은 코끼리처럼 부풀어올라,
온 방 안을 가득 채우고,
안개가 되어 흩어지려 하는구나.
천장으로 올라가지는 마라!

---

* 이 부적은 JNRJ(Jesus Nazarenus Rex Judaeorum, 유대인의 왕 예수 나사렛)라는 글자가 새겨지고 구세주의 상이 부각된 십자가를 말함.
** 예수 그리스도를 가리킴. 무한한 생명을 가진 그리스도는 언제 탄생했다는 것도 없고, 무어라 불러야 좋을지도 모르지만, 그 정신은 천지간에 퍼지고 육체는 십자가에 자살(刺殺)당했음.

이 스승의 발 아래 꿇어앉아라!   1315

내가 공연히 위협하는 게 아니란 걸 보여주겠다.

나, 신성한 불길로 네놈을 지져주리라!

세 겹으로 타오르는 불길을*

기대하진 마라!

내 술법(術法) 중 가장 강한 것을   1320

기대하지도 마라!

메피스토펠레스 (안개가 아래로 걷히면서, 여행하는 학생과 같은

　　옷차림을 한 메피스토펠레스가 난로 뒤에서 걸어나온다.)

　　왜 이리 시끄럽지요? 무슨 분부라도 있사옵니까?

파우스트

　　그러니까 이것이 삽살개의 정체란 말이로구나!

　　여행하는 학생이라?** 이것 참 날 웃기는구나.

메피스토펠레스

　　학식 높으신 선생께 인사 올립니다!   1325

　　당신은 내게 어지간히도 땀을 흘리게 했소이다.

파우스트

　　네 이름이 무엇인가?

메피스토펠레스

　　　　　　그런 질문은 시시하군요.

---

* 삼위일체를 나타내는 삼각형 속에 신의 눈을 상징하는 눈이 그려진 부적을 말함.
** 중세에는 점성술이나 예언 등으로 잠자리를 얻으며 여행하는 대학생들이 많았음.

말이란 것을 그다지도 몹시 경멸하시고,

일체의 가상(假象)도 멀리하신 채,

오직 심오한 본질만 탐구하시는 분으로선 말이외다.   1330

파우스트

자네 같은 부류의 경우엔 그 이름만 들어도

보통 그 본질을 파악해낼 수 있는 법이다.

너희들 이름이 악마왕, 파괴자, 사기꾼이라고* 한다면,

그것으로 분명히 알아낼 수가 있거든.

그래 좋다, 대체 자넨 누군가?

메피스토펠레스

                                     언제나 악을 원하면서도,   1335

언제나 선을 창조하는 힘의 일부분이지요.

파우스트

그 수수께끼 같은 말은 무슨 뜻인가?

메피스토펠레스

나는 항상 부정(否定)하는 정령이외다!

그것도 당연한 일인즉, 생성하는 일체의 것은

필히 소멸하게 마련이기 때문이지요.   1340

그래서 아무것도 생성하지 않는 편이 더 낫다는 겁니다.

그래서 당신네들이 죄라느니, 파괴라느니,

간단히 말해서 악(惡)이라고 부르는 모든 것이

---

* 악마왕, 파괴자, 사기꾼 등은 성경에서는 모두 악마를 일컫는 말들임.

내 본래의 특성이랍니다.

파우스트

자넨 일부분이라 하면서, 완전한 존재로 서 있지 않은가?   1345

메피스토펠레스

당신에게 약간의 진리를 말씀드리지요.

조그마한 바보들의 세계인* 인간이란 보통,

자기 자신을 전체라고 생각하고 있소만—

나는 처음에는 전체였던 한 부분의 일부분이라오.

저 빛을 탄생시킨 암흑의 일부분이지요.   1350

그런데 저 오만스런 빛은 그 모체(母體)인 밤을 상대로

옛날의 지위, 즉 공간을 빼앗으려 다투고 있지만,

그건 절대 안 될 일이지요. 빛이 아무리 몸부림쳐봐도,

빛은 결국 물체에 달라붙어 있으니까요.

빛은 물체에서 흘러나와 물체를 아름답게 하지만,   1355

물체는 또한 빛의 진로를 가로막고 있지요.

그러기에 내 바라는 대로, 오래지 않아서

빛은 물체와 더불어 멸망하고 말 것이오.

파우스트

이제 자네의 고상한 의무를 알겠노라!

자네는 대(大)세계에선 아무것도 파괴할 수 없으니까,   1360

이제 조그만 것에서부터 시작하려는 것이로구나.

---

* 어리석은 인간세상을 말함.

메피스토펠레스

물론 많은 일을 해내지는 못했소이다.

무(無)에 대적하고 있는 그 어떤 것,

즉 이 졸렬하게 생겨먹은 세상에 대항해서,

벌써 그렇게 여러 가지로 시도해보았건만,   1365

그놈은 도저히 이겨낼 도리가 없었소이다.

파도와 폭풍우, 지진과 화재로 별짓을 다 해보았지만 —

바다와 육지는 결국 평온하게 남아 있단 말이오!

그리고 동물과 인간이라는 저주스런 족속들,

그들에겐 전혀 아무런 해도 끼칠 수가 없소이다.   1370

벌써 얼마나 많은 놈들을 매장해버렸던가요!

그런데 새롭고 신선한 피가 여전히 순환하고 있거든요.

일이 이처럼 계속되고 있으니, 정말 미칠 지경이외다!

공기에서도, 물에서도, 또 땅에서도

수천 가지 새싹이 돋아나고 있으며,   1375

메마른 곳, 습한 곳, 따스한 곳, 추운 곳에서도 마찬가지요!

만일 내가 불꽃이나마 남겨두지 않았더라면,

내겐 무엇 하나 특수한 것이 없을 뻔했지요.

파우스트

그래서 너는 영원히 활동하며,

은혜롭게 창조하는 힘에 대항하여   1380

차가운 악마의 주먹을 들이대는 모양인데,

아무리 음흉하게 주먹을 쥐어도 헛된 일이 되리라!

너 혼돈(混沌)이 낳은 괴상스런 아들놈아,

다른 무슨 일을 찾아 시작해보도록 하라!

메피스토펠레스

정말로 깊이 생각해볼 일입니다만,   1385

그에 관한 이야기는 다음번에 하기로 합시다!

이번에는 이만 물러가도 되겠나이까?

파우스트

왜 그런 질문을 하는지 모르겠구나.

이제 자네와도 아는 사이가 되었으니,

언제라도 마음 내키면, 찾아오게나.   1390

여기 창문이 있고, 저쪽에 출입문이 있으며,

굴뚝도 네겐 아주 적절한 통로가 되겠지.

메피스토펠레스

한 가지 고백하지요! 제가 나가려는데,

조그만 방해물이 길을 가로막고 있습니다!

선생님 문지방 위에 붙은 별 모양의 부적이 —   1395

파우스트

저 오각형의 별이* 너를 괴롭힌다고?

그럼 말해보아라, 너 지옥의 아들아.

저것이 너를 구속한다면, 여기는 대체 어떻게 들어왔는가?

그러한 정령이 대체 어떻게 속았단 말인가?

---

* 별 모양으로 생긴 부적으로 그리스도를 상징하며 악귀를 쫓아버린다고 함.

메피스토펠레스

자세히 보십시오! 제대로 그려지질 않았지요.   1400

바깥쪽으로 향한 한쪽 모서리가,

보시는 바와 같이, 약간 벌어져 있습니다.

파우스트

우연하게도 잘도 들어맞았군!

그렇다면 네놈은 내 포로가 되었단 말이지?

이거야말로 우연히 성공을 거둔 셈이로군!   1405

메피스토펠레스

삽살개가 뛰어들어올 땐 알아차리지 못했지만,

지금은 사정이 좀 달라졌소이다.

악마는 집 밖으로 나갈 수가 없게 됐습니다.

파우스트

한데 무엇 때문에 창문을 통해 나가지 않는가?

메피스토펠레스

악마와 도깨비들에겐 한 가지 법칙이 있답니다.   1410

반드시 숨어들어온 곳으로 나가야만 한다는 것이지요.

첫번째는 자유이지만, 두번째 것에는 노예가 되지요.

파우스트

지옥에도 법률이 있단 말이로구나?

그것 참 멋지구나. 그렇다면 신사들이여, 너희 같은 존재와도

안심하고 계약을 체결할 수가 있단 말이지?   1415

메피스토펠레스

약속한 것이라면, 온전히 누릴 수가 있지요.

그런 것을 조금이라도 떼어먹히지는 않을 겁니다.

그러나 그건 그렇게 간단히 이해할 수 없으니,

다음번에 다시 그 이야기를 하도록 합시다.

내 간절히, 간절히 부탁하건대,   1420

이번만은 나를 놓아주시기 바랍니다.

파우스트

그렇지만 잠시 더 머물러 있으면서,

우선 내게 그 재미있는 이야기를 들려주게나.

메피스토펠레스

지금은 날 놓아주십시오! 곧 돌아올 테니,

그때 마음대로 실컷 물어주시기 바랍니다.   1425

파우스트

내가 너에게 올가미를 친 것이 아니라,

네놈 스스로가 그물에 걸려 들어온 것이었다.

악마를 잡았으면, 꼭 붙잡아둬야 하리라!

두번째는 그렇게 쉽사리 잡히지 않을 테니까.

메피스토펠레스

그렇게 원하신다면, 나도 큰마음 먹고   1430

여기에 남아 당신의 친구가 되어드리겠소이다.

그렇지만 한 가지 조건이 있는데, 내 온갖 요술을 부려

당신의 시간을 값지게 보내도록 하자는 것입니다.

파우스트

그거 한번 보고 싶구나. 네 마음대로 하라.

다만 그 요술이 재미있어야 한다! 1435

메피스토펠레스

친구여, 당신은 이 한 시간 동안에,

단조로운 일 년 동안에 누렸던 것보다

더 많은 관능적 즐거움을 얻게 될 것이오.

귀여운 정령들이 노래를 불러주며,

그들이 보여주는 아름다운 형상들은, 1440

결코 공허한 마술의 장난이 아니올시다.

당신 후각도 즐거워할 것이고,

당신의 입 안에도 달콤한 맛이 날 것이며,

그리고 당신의 감정도 황홀해질 것이외다.

미리 준비할 필요도 없소이다. 1445

우리 다 모여 있으니, 자, 시작하도록 하라!

정령들

사라져라, 저 위쪽의

캄캄한 둥근 천장아!

보다 매력적으로 친절하게

들여다보라, 1450

파란 창공아!

검은 구름은

94

흩어져버려라!

작은 별들 반짝이고,

온화한 햇빛   1455

방 안으로 비쳐든다.

하늘나라 아들들의

영기(靈氣)로운 아름다움,

흔들흔들 허리 굽혀

부유(浮游)하며 지나간다.   1460

그리움에 젖은 마음으로

뒤를 따라 흘러가라.

여러 가지 옷들의

반짝이는 리본들은

들과 산을 덮어주고,   1465

저 정자도 덮어준다.

한평생을 언약하고,

깊은 생각에 잠긴

두 연인들 깃들인 곳.

정자들 줄지어 서 있구나!   1470

싹트는 덩굴들 기어오른다!

주렁주렁 달린 포도송이,

압착기에 짓눌려

술통으로 흘러든다.

거품 이는 포도주 되어   1475

도랑물처럼 흘러가며,

깨끗하고도 고귀한

바위틈 사이로 졸졸거리고,

우뚝 솟은 높은 산을

배경 삼아 뒤에 두고,   1480

푸른 언덕 기슭의

풍성한 곳 감돌아서

호수 되어 퍼져간다.

새의 무리들은

즐거움을 마시면서,   1485

태양을 향해 날아가고,

파도 위에 표류하듯

둥실둥실 떠다니는,

밝은 섬들 향하여

훨훨 날아가는구나.   1490

거기엔 환호하는 무리들

합창 소리 들려오고,

푸른 초원 위에

춤추는 무리 보이나니,

누구나 밖에 나와   1495

즐거운 시간 보내누나.

어떤 사람들은

드높은 산 기어오르고,

또 어떤 사람들은

바닷물 속을 헤엄치고,   1500

어떤 이는 붕붕 떠다닌다.

누구나 삶을 향하니,

모두가 사랑하는 별을 보고,

성스러운 축복을 누릴

먼 곳을 향하는구나.*   1505

메피스토펠레스

놈이 자는구나! 잘했다, 대기의 귀여운 정령들아!

너희 충실히 노래 불러 놈을 잠들게 하였도다!

이번 합창으로 난 너희들에게 빚을 졌구나.

네놈은 아직 악마를 잡아둘 만한 사나이가 못 되느니라!

달콤한 꿈속의 형상들이나 놈에게 보여주어,   1510

그자를 망상의 바다 속으로 침몰케 하라.

그런데 이 문지방의 금기(禁忌)를 부숴버리려면,

쥐들의 이빨이 있어야겠구나.

쥐들을 불러오는 데 오랜 주문을 외울 필요는 없으리라.

벌써 저기 한 놈이 바스락거리니, 곧 내 말을 알아듣겠지.   1515

큰 쥐, 작은 쥐, 파리, 개구리,

빈대와 이들의 나리께서** 명하나니,

---

* 사람들이 먼 환희의 별세계로 날아간다는 뜻임.

어서 이리 몰려나와서

여기 이 문지방을 갉아버려라.

거기에다 맛 좋은 기름을 발라놓은 것처럼 말이다―   1520

저기 벌써 한 놈이 달려나왔구나!

당장 일을 시작하라! 날 속박하는 뾰족한 끝은

그 모서리의 맨 앞쪽에 있다.

한 번만 더 물어뜯어라. 자, 이젠 되었다―

그럼 파우스트여, 우리 다시 만날 때까지 실컷 꿈이나

꾸려무나.   1525

파우스트 (깨어나면서)

나는 다시 또 속았단 말인가?

내 꿈속에 악마를 속임수로 보여주고,

삽살개조차 달아나게 해놓고는,

정령들의 무리마저 이렇게 사라진단 말인가?

서재

파우스트, 메피스토펠레스.

파우스트

누가 왔나? 들어와요! 누가 날 또 괴롭히려는 걸까?   1530

** 괴테는 메피스토펠레스를 인간을 괴롭히는 모든 해충의 두목으로 여김.

메피스토펠레스

　　납니다.

파우스트

　　　들어와요!

메피스토펠레스

　　　　세 번 말씀해주셔야 합니다.

파우스트

　　들어오라니까!

메피스토펠레스

　　　　그러니 마음에 드는군요.

　　우리 서로 사이좋게 지낼 수 있기를 바랍니다!

　　당신의 온갖 시름을 몰아내주려고,

　　나 고상한 귀공자 차림으로 여기에 왔소이다.　　　　　　1535

　　황금색 장식이 달린 빨간 옷에다,

　　바스락거리는 비단으로 만든 외투를 걸치고,

　　모자에는 깃털을 꽂았으며,

　　길고 뾰족한 칼도 하나 찼답니다.

　　한마디로 간단히 말씀드리건대,　　　　　　　　　　　1540

　　당장 나와 같은 옷차림을 하시지요.

　　그러고는 모든 속박에서 벗어나 자유로이,

　　인생이 무엇인지를 체험해보도록 하십시오.

파우스트

　　어떤 옷차림을 하든 나는 이 비좁은

지상생활의 고통을 느끼지 않을 수 없으리라.   1545
나는 그저 놀기만 하기에는 너무나 늙었고,
아무런 소망도 없이 살기에는 너무나 젊도다.
이 세상이 대체 내게 무엇을 줄 수 있단 말인가?
결핍을 참아라! 없는 대로 만족하라!
이것이 영원한 노래인즉,   1550
그 소리 누구에게나 귓전에 울려오고,
우리 한평생 긴 세월 동안,
시시각각 목이 쉬도록 노래 불러주는구나.
아침마다 난 두려운 마음으로 잠에서 깨어나고,
저 씁쓸한 눈물을 흘리며 울고만 싶어지니,   1555
온종일 다 가도록 한 가지 소망도,
단 한 가지도 이루어지지 않으리라 생각하고,
또한 모든 쾌락에 대한 예감조차도
집요한 비판으로 인해 감소되며,
내 가슴속에 약동하는 창조의 열정마저도   1560
갖가지 추악한 세상사로 방해받기 때문이다.
그리고 밤이 내려깔릴 때에도 나는
불안스런 마음으로 자리에 누워야만 하나니,
잠자리에서도 안식을 얻지 못하고,
사나운 꿈들의 시달림을 받아야 하느니라.   1565
내 가슴속에 살고 있는 신은
나의 내면(內面)을 깊이 흔들어놓을 수 있지만,

내 모든 힘 위에 군림하는 신은

외부를 향해 아무것도 움직일 수가 없다.

그러므로 내겐 존재한다는 것이 무거운 짐이 되고,　　　　　1570

죽음이 갈망되며, 산다는 것이 증오스럽구나.

메피스토펠레스

그렇다 해도 죽음이 환영받는 손님은 아니더이다.

파우스트

아아, 승리의 영광 속에서

피에 젖은 월계관을 머리에 쓰고 죽는 자,

미친 듯 돌아가는 춤을 추고 난 다음,　　　　　1575

소녀의 품안에서 죽음을 맞는 자, 행복하리라!

아아, 나도 저 위대한 정령의 위력 앞에서,*

황홀하게, 넋을 잃고 쓰러져 죽었더라면 좋았을 것을!

메피스토펠레스

그런데도 누군가는 그날 밤,

갈색 물약을 마시지 않았더이다.　　　　　1580

파우스트

염탐질하는 것이 네놈의 취미인 모양이로구나.

메피스토펠레스

모든 걸 다 알진 못해도, 난 아는 게 많소이다.

----

* 지령과의 만남 장면(482~512행) 참조.

파우스트

무시무시하도록 심란한 마음으로부터

귀에 익은 감미로운 음조가* 나를 끌어내주고,

아직 남아 있는 내 어린 시절의 감정을   1585

즐거웠던 때의 여운(餘韻)으로 속여주었지만,

나, 저주하노라, 남의 영혼을

온갖 유혹과 현혹으로 사로잡아,

이 비애의 동굴** 속에다

눈속임과 감언이설로 얽매어놓는 모든 것을!   1590

무엇보다도 우리 정신이 사로잡혀 있는,

저 드높은 희망을 먼저 저주하노라!

우리의 관능에 밀어닥치고 있는

저 현상(現象)의 눈속임을*** 저주하노라!

갖가지 꿈 속에서 우리를 기만하는,   1595

명성이나 불멸의 명예라고 하는 거짓을 저주하노라!

소유라고 일컬으며 우리에게 아첨하며,****

아내와 자식, 종복과 쟁기라고 하는 것을 저주하노라!

재신(財神) 마몬이***** 갖가지 재물로써

우리에게 무모한 행위를 하도록 충동질하고,   1600

---

* 부활절의 종소리와 합창 소리를 말함.

** 이는 지상에 얽매인 인간의 육체를 뜻함.

*** 관능을 자극하는 감각세계의 매력을 의미함.

**** 가문의 번영과 행복을 의미함.

***** 그리스어에서 나온 말로 돈, 재산 등을 상징하는 재물의 신.

안일한 쾌락을 추구하도록 우리를 유인하여

편안한 자리를 깔아줄 때, 나 그를 저주하노라!

포도의 향기로운 즙을 저주하노라!

저 지고한 사랑의 은혜도* 저주하노라!

희망도 저주하노라! 믿음도 저주하고,   1605

그 무엇보다 인내라는** 것을 저주하노라!

정령들의 합창 (모습은 보이지 않는다.)

　　　슬프도다! 슬프도다!

　　　그대는 아름다운 세계를,

　　　그 억센 주먹으로,

　　　산산이 부수었구나!   1610

　　　세상은 허물어져 쓰러지누나!

　　　반신(半神)이*** 세상을 박살냈도다!

　　　우리는 부서진 조각들을

　　　허무 속으로 옮겨가며,

　　　사라진 아름다움을****   1615

　　　슬퍼하노라.

　　　지상의 아들 가운데

　　　보다 강력한 자여,

---

* 하나님의 사랑을 뜻함.
** 무의미한 인간생활과의 인연을 끊지 못하고 살아가는 인종(忍從)의 마음.
*** 파우스트를 가리킴.
**** 정령들이 탄식하는 사라진 아름다움은 파우스트의 이상세계를 뜻함.

훨씬 더 화려하게

세상을 다시 세우라.   1620

그대의 가슴속에 일으켜세우라!

밝은 마음으로,

새로운 삶의 발걸음을

시작하라!

그러면 새로운 노래   1625

울려퍼지리라!

메피스토펠레스

저것은 우리 집안의

어린 종들이외다.

들으시라, 환락과 행위를

얼마나 슬기롭게 권하는가를!   1630

감각과 혈기가 막혀버린 듯한,

고독감으로부터,

드넓은 세상으로,

당신을 유인하려는 것이외다.

한 마리 독수리처럼* 당신의 생명을 쪼아먹는,   1635

그 시름을 가지고 희롱하는 짓일랑 집어치우시오.

아주 형편없는 무리와 어울려 살기에,

당신도 인간과 더불어 사는 인간임을 느끼는 것이외다.

---

* 제우스 신은 독수리에게 밤마다 새로 자라나는 프로메테우스의 간을 쪼아먹게 함.

104

그렇다고 하여 당신을 천민들 속으로
떠밀어넣자는 뜻은 아니올시다.   1640
난 결코 위대한 존재는 아니지만,
당신이 만일 나와 함께 어울려서,
인생의 발길을 옮겨보겠다는 뜻만 있다면,
나 기꺼이 순종하며,
당장에 당신의 것이 되겠습니다.   1645
나 당신의 동반자가 될 것이고,
만일 당신의 마음에 든다면,
당신의 하인이, 당신의 종이 되겠소이다!

파우스트

그럼 난 그 대가로 무엇을 해줘야 한단 말이냐?

메피스토펠레스

그러기에는 아직 오랜 기간이 남았습니다.   1650

파우스트

안 되지, 안 돼! 악마는 이기주의자라서,
다른 사람에게 이로운 일이라면, 그게 무엇이든
절대 그렇게 쉽사리 할 리가 없거든.
조건을 분명히 말하도록 하라.
그런 하인이란 집안에 화를 불러들이는 법이다.   1655

메피스토펠레스

나 여기 이 세상에서는 당신의 시중을 들며,
당신의 지시에 따라 쉬지 않고 일하겠소이다.

만일 우리가 저기 저세상에서 다시 만나게 되면,

당신이 내게 똑같은 일을 해주셔야 합니다.

파우스트

저세상은 나 별로 염려하지 않는다.   1660

네가 우선 이 세상을 산산조각 때려부순다면,

그 다음 어떤 다른 세상이 생겨나도 상관없다.

이 대지 위에서만 나의 기쁨이 솟아나고,

이 태양만이 나의 고통을 비춰줄 따름이다.

내가 우선 이것들과 헤어질 수 있다면,   1665

그 다음엔 무슨 일이 일어나도 좋으리라.*

미래에도 사람들이 서로 증오하고 사랑하는지,

또한 저세상에도

위와 아래의 구별이 있는지,

그런 이야긴 더이상 듣고 싶지 않다.   1670

메피스토펠레스

그런 생각이라면 한번 해보시지요.

결탁해보십시오. 그러면 며칠 이내에,

나의 재주를 재미있게 구경하게 될 것입니다.

아직 어떤 인간도 구경하지 못한 것을 보여드리겠나이다.

---

* 파우스트는 내세를 부정하는 것이 아니라 현재의 삶을 견딜 수 없는 것임. 절대적인 생
활의 장소인 현세에서 만족할 수만 있다면, 내세에서 무슨 일이 일어나든 아무 상관이
없다는 것임.

파우스트

너 같은 가련한 놈이 뭘 보여주겠다는 것이냐?   1675

지고한 노력을 하고 있는 인간의 정신이,

언제라도 너와 같은 것들에게 이해된 적이 있었느냐?

아니면, 너는 배부르게 하지 않는 음식이나,

수은(水銀)과도 같이 그칠 줄 모르고

손아귀에서 흘러내리는 붉은 금(金)이라도 가졌느냐?   1680

결코 한 번도 이겨보지 못하는 노름이나,

내 품에 안겨 있으면서도 벌써

이웃 남자와 눈짓을 하여 약속하는 처녀나,

유성(流星)과도 같이 사라져버리는

신적 쾌락을 안겨주는 아름다운 명예라도 가졌단 말이냐?   1685

우리가 따기도 전에 썩어버리는 열매나,

나날이 새롭게 푸르러지는 나무를 내보여보아라!*

메피스토펠레스

그런 주문이라면 놀랍지도 않으니,

그런 값진 것들로 봉사할 수 있소이다.

그렇지만, 친구여, 우리가 편안하게 자리에 앉아,   1690

무슨 맛있는 것을 먹고 싶을 때도 있는 법이라오.

파우스트

내가 편안하게 침상에 누워 허송세월을 한다면,

---

* 파우스트는 영원한 가치를 지닌 인식을 추구하는바, 악마에게서 이런 것을 기대하는
것이 아니라 다만 관능의 순간적 자극을 얻으려 하는 것임.

그때엔 나 당장 파멸해도 좋으리라!

너, 감언이설로 아첨하여 나를 속여서,

내가 나 자신에게 만족할 수 있다면,   1695

너, 나를 환락으로 기만할 수가 있다면,

그것은 내게 최후의 날이 될 것이다!

자, 내기를 하자꾸나!

메피스토펠레스

좋소이다!

파우스트

약속은 약속이다!

내가 순간을 향하여, 멈추어라!

너 정말 아름답구나! 하고 말을 한다면,   1700

너는 나를 꽁꽁 묶어도 좋다!

그럼 나는 기꺼이 멸망하리라!

그때엔 조종(弔鐘)이 울려도 좋을 것이며,

너는 나에 대한 종노릇에서 해방되리라.

시계는 멈추고, 바늘이 떨어질 것이며,   1705

나의 시간은 그것으로 끝나게 되리라!

메피스토펠레스

잘 생각하십시오, 우린 그걸 잊지 않을 것이외다.

파우스트

거기에 대해선 네가 전권(全權)을 갖도록 하라.

나는 경솔하게 그런 무모한 짓을 한 것이 아니다.

내가 한순간을 고집하게 된다면, 나는 즉시 종이 될 것이며,   1710

그것이 너의 종이건, 누구의 종이건 상관하지 않겠노라.

메피스토펠레스

오늘 당장, 박사학위 축하연에 가서,

하인으로서의 내 의무를 다하겠나이다.

다만 한 가지! — 생전이든 사후든 확실히 해두기 위해,

한두 줄의 기록을 남겨주시기 바라나이다.   1715

파우스트

이 고루한 놈, 무슨 증서까지 요구하느냐?

넌 대장부와 장부의 일언도 모른단 말이냐?

내 입에서 나온 말 한마디가 영원토록,

나의 일생을 지배한다는 것으로 충분치 않은가?

세상은 여러 갈래 물줄기로 쉬지 않고 흐르는데,   1720

나만은 하나의 약속에 얽매여 있어야만 할 것인가?

그러나 이러한 망상은* 우리 마음속에 깃들어 있는 것이며,

그 누가 그로부터 벗어나려 하겠는가?

신의를 순수하게 가슴속에 간직하는 자, 행복할 것이며,

어떠한 희생도 그에겐 후회됨이 없으리라!   1725

그러나 문서로 기록되어 봉인된 양피지 고문서만은,

누구나가 꺼려하는 도깨비와도 같은 것이다.

말은 붓끝에서 이미 생명을 잃게 되고,

* 무조건 약속을 지켜야 한다는 생각.

봉랍과 가죽끈* 같은 것이 지배권을 행사한다.

사악한 정령인 네놈은 내게서 무엇을 원하느냐?   1730

청동판이냐, 대리석이냐, 양피지냐, 종이냐?

철필로 쓸까, 끌로 쓸까, 아니면 붓으로 쓸까?

무엇을 택하든 네가 원하는 대로 해주겠다.

메피스토펠레스

어찌하여 그렇게 당장 열을 올리며,

과장하여 이야기하기를 좋아하시오?   1735

아무런 종잇조각이라도 좋소이다.

다만 한 방울의 피로 서명만 해주십시오.

파우스트

그것으로 네가 만족한다면,

어리석은 짓이지만 그렇게 하도록 하지.

메피스토펠레스

피라는 것은 아주 특별한 액체올시다.   1740

파우스트

내가 이 계약을 깨뜨릴까봐 염려할 것 없다!

내가 온 힘을 기울여 노력하는 바는

바로 내가 약속한 일을 지키는 것이다.

나 자신 너무 고고한 척 자만하고 있었는데,

그저 너 같은 정도의 존재일 따름이로다.   1745

---

* 밀랍으로 봉인되고 양피지에 씌어진 문서.

저 위대한 정령은* 날 거들떠보지도 않았고,

자연도 내 앞에 문을 닫아버리고 말았다.

사색(思索)의 실마리마저 끊어져나갔으니,

오래 전부터 온갖 지식에 대해 구역질이 나는구나.

우리 이제 관능의 깊은 심연에 빠져   1750

불타오르는 정열을 진정시켜보도록 하자!

꿰뚫어볼 수 없는 마술의 덮개 속에다

갖가지 기적을 당장 준비하도록 하라!

살랑거리며 흘러가는 시간 속으로,

사건의 소용돌이 속으로 뛰어들도록 하자!   1755

거기에 고통과 향락이,

성공과 불만이

제멋대로 교차하며 닥쳐와도 좋다.

사내대장부란 오직 끊임없이 활동할 따름이니라.

메피스토펠레스

당신에겐 규준이나 제한이 정해져 있지 않소이다.   1760

마음 내키는 대로 어디에서건 집어잡수시고,

도망질 칠 때에도 무엇이든 낚아채오고,

마음에 드는 건 아무것이나 손에 넣으십시오.

언제나 잽싸게 휘어잡고 멍청하게 굴지는 마시오!

---

* 불꽃 속에 나타났던 지령을 말함.

파우스트

아까도 말했지만, 쾌락이 문제가 아니라네.   1765

도취경에 내 몸을 맡기고, 가장 고통스런 향락에,

사랑에 빠진 증오에, 속이 후련해지는 분노에 빠져보자는 것이다.

지식에 대한 욕구로부터 치유된 내 가슴이,

앞으로는 어떠한 고통이라도 피하지 않고,

전 인류에게 부과된 바를   1770

내 내면의 자아(自我)로 향유하고자 함이로다.

내 정신으로 가장 높고 가장 깊은 것을 파악하고,

인류의 행복과 슬픔을 내 가슴에 쌓아올려서,

나 자신의 자아를 인류의 자아로까지 확대시켜,

결국은 인류와 마찬가지로 나 역시 파멸하고자 함이로다.   1775

메피스토펠레스

오오, 수천 년 동안이나

이 딱딱한 음식을 씹고 있는 내 말을 믿으시오.

요람으로부터 죽음에 이를 때까지

어떤 인간도 해묵은 효모(酵母)를* 삭여내지 못했소이다!

우리 같은 무리의 말을 믿으시오.   1780

이 모든 것은 하나의 신만을 위해서 만들어진 것이외다!

그자는 혼자서만 영원한 광명 속에 존재하며,

우리들을 캄캄한 암흑 속으로 몰아넣고,

---

* 소화되지 않는 물건에 대한 상징.

당신네들에게만은 낮과 밤을* 마련해주었답니다.

파우스트

그렇지만 나는 해보겠노라!

메피스토펠레스

그거 듣기 좋은 말씀이오! 1785

그런데 한 가지 염려되는 것이 있으니,

세월은 짧고, 예술은 길다는 말씀이외다.

생각건대, 당신은 배우기를 좋아하는 것 같소이다.

그러니 어떤 작가와 친분관계를 맺고,

그로 하여금 여러 가지 생각 속을 헤매게 하고는, 1790

온갖 고상한 성품을 모조리

영예로운 당신의 머리 속에 쌓아올리도록 하시오.

사자의 용맹이나,

사슴의 민첩성,

이탈리아 사람의 뜨거운 피나, 1795

북방인의 끈기 같은 것 말이오.

작가로 하여금 오묘한 비밀을 찾아내게 하여,

관대한 마음과 간계한 기지를 결부시키면서,

당신은 뜨거운 청춘의 충동을 지니고,

정해진 계획에 따라 사랑에 빠져보도록 하시오. 1800

나 자신도 그런 양반을 사귀고 싶으니,

---

* 신은 영광스러운 광명 속에 존재하고, 악마는 암흑 속으로 추방되었으며, 인간에게는 낮과 밤이 동시에 주어졌다는 것임.

그를 소우주(小宇宙) 선생이라* 이름하고 싶소이다.

파우스트

일체의 내 감관(感官)이 추구하는

인생의 왕관을 얻을 수가 없다면,

나란 존재는 대체 무엇이란 말인가?   1805

메피스토펠레스

당신은 결국 ─ 있는 그대로의 당신이지요.

수백만의 고수머리털로 만든 가발을 쓴다 해도,

굽이 한 자나 되는 높은 신발을** 신는다 해도,

결국 당신은 있는 그대로의 당신일 따름이지요.

파우스트

나도 그걸 느끼노라. 아무런 쓸모도 없이   1810

나는 인간 정신의 보화를 모두 긁어모아놓았는데,

결국 이런 꼴로 주저앉아 있노라면,

내면적으로 아무 새로운 힘도 솟아나지 않는구나.

나는 머리카락만큼도 더 높아진 게 없으며,

무한(無限)한 것에 더 가까이 가지도 못하였노라.   1815

메피스토펠레스

이보시오, 선생, 당신은 사물 보기를

세상 사람들이나 꼭 마찬가지로 보고 있소이다.

---

* 모든 것을 겸비한 우주의 축소형이라 할 수 있는 인간을 말하며, 메피스토펠레스는 이런 우주적 인생관을 조소하고 있음.

** 고대 비극에서 키를 크게 보이도록 하기 위해 신었던 굽 높은 구두.

인생의 기쁨이 달아나버리기 전에,

우린 좀더 현명하게 행동해야만 합니다.

이런, 제기랄! 물론 손이나 발이나,   1820

그리고 대가리나 궁○○는* 당신의 것이죠.

그렇다고 해서 내가 새로이 즐기고 있는 모든 것이,

내 것이 되지 말라는 법이 있겠소?

가령 내가 여섯 마리의 말(馬) 값을 치를 수 있다면,

그놈들의 힘은 내 것이 아니겠소?   1825

그러니 나는 스물네 개의 다리라도 달린 듯,

신나게 달릴 수 있는 당당한 사나이지요.

그러니 기운내시오! 상념일랑 모두 던져버리고,

곧장 세상 속으로 함께 뛰어들어갑시다!

솔직히 말하건대, 여러 가지 상념에 빠져 있는 놈이란,   1830

악령에 이끌려 메마른 황야 위를

빙빙 헤매고 있는 짐승과도 같은 꼴이지요.

그런데 그 주위에는 멋지고 푸른 풀밭이 널려 있단 말이외다.

파우스트

그럼 어떻게 시작을 하지?

메피스토펠레스

　　　　　　　　우선 당장 떠나야지요.

이 무슨 고문실과도 같은 곳이란 말입니까?   1835

---

* 원서에는 H—— 로 되어 있는데, 이는 der/die Hintere(궁둥이, 엉덩이)를 뜻함.

자신은 물론 젊은 학생들까지 지루하게 하는 것이

어찌 인생을 살아가는 것이라 할 수 있소이까?

그런 것은 배불뚝이 동료에게나* 맡겨두시오!

낟알도 없는 지푸라기나 타작하며 왜 고생을 하시나요?

게다가 당신이 알아낼 수 있는 최고의 진리는   1840

학생놈들에게 함부로 이야기할 수도 없는 일이지요.

마침 복도에 학생 한 놈이 찾아온 것 같소이다!

파우스트

나는 그 학생을 만나볼 수가 없네.

메피스토펠레스

저 가련한 녀석 오랫동안 기다렸는데,

아무 위안의 말도 해주지 않고 돌려보낼 수야 없지요.   1845

자, 당신의 웃옷과 모자를 내게 빌려주시오.

이런 변장도 내겐 그럴듯하게 어울릴 것이외다.

(메피스토펠레스, 옷을 갈아입는다.)

이제 그 일은 내 재간에 맡겨두시오!

십오 분 정도의 시간이면 충분할 거요.

그 동안 당신은 멋진 여행을 할 준비나 하시구려!   1850

(파우스트, 퇴장한다.)

메피스토펠레스 (파우스트의 긴 옷을 입고)

인간의 최고의 힘이라고 하는,

---

* 파우스트의 조수인 바그너를 가리킴.

이성이나 학문 따위를 경멸하도록 하라.

그저 현혹과 마술 속에서

거짓 정령에 이끌려 기운을 차리도록 하라.

그럼 네놈은 무조건 내 것이 되고 말 것이다 —   1855

운명이 저놈에게 부여해준 정신이란,

무조건 언제나 앞으로만 치닫는 것이니,

그놈의 너무나 성급한 노력이

이 지상의 기쁨을 뛰어넘어버리고 만단 말이다.

내 저놈을 기어이 거친 생활 속으로,   1860

평범하고 무의미한 세속으로 이끌어가리라.

그놈이 내게 안달하고 고집하며 달라붙게* 할 것이며,

언제나 허기진 탐욕스런 입술 앞에는

진수성찬에 맛 좋은 술을 어른거리게 하리라.

저놈은 기운차릴 음식을 찾아 헛되이 애걸복걸할 것이며,   1865

그쯤 되면 혹 악마에게 자신을 넘겨주지 않는다 할지라도,

놈은 결국 파멸하고야 말 것이다!

(한 학생이 등장한다.)**

---

* 악에 물들어가는 과정을 삼단계로 표현한 것임.
** 학생 장면은 희극적 간주곡이라 할 수 있는바, 메피스토펠레스는 관능적 유혹의 말과
역설과 독설로써 젊은 학생을 희롱함.

학생

  저는 바로 얼마 전에 이 고장에 왔는데,

  누구나 존경심을 가지고 그 존함을 일러주는

  선생님을 한번 뵙고 말씀이라도 듣고자,   1870

  경외하는 마음 가득히 이렇게 찾아왔습니다.

메피스토펠레스

  자네의 정중한 인사를 받으니 기쁘군!

  보다시피 나도 다른 사람들과 똑같은 인간이라네.

  자넨 벌써 여러 곳을 두루 찾아다녀보았겠지?

학생

  선생님, 부탁하건대, 저를 받아주십시오!   1875

  저는 학자금도 넉넉하고 혈기도 왕성하여,

  용기백배하여 이렇게 찾아왔습니다.

  어머니께선 저를 떠나보내지 않으려 하셨지만,

  저는 바깥세상에서 무언가 올바른 것을 배우고 싶습니다.

메피스토펠레스

  그렇다면 자넨 올바른 곳을 찾아왔군.   1880

학생

  솔직히 말씀드리면, 전 벌써 여길 떠나고 싶군요.

  이 높은 담벼락과 이런 강의실에는

  조금도 정이 들 것 같지 않습니다.

  아주 비좁은 공간인데다가,

  푸른 풀 한 포기, 나무 한 그루 보이지 않고,   1885

교실에 들어가 의자에 앉으면,

듣고 보고 생각하는 것이 모두 멍해집니다.

메피스토펠레스

그런 것은 습관 들이기에 달려 있다네.

갓난아이도 어머니의 젖을 처음부터

다짜고짜 기꺼이 빠는 것은 아니지만,   1890

오래지 않아 즐거이 젖을 빨며 자라나거든.

그와 같이 자네도 날이 갈수록

지혜의 젖가슴을 더욱 좋아하게 될걸세.

학생

지혜의 목이라면 기꺼이 매달리고 싶습니다.

말씀해주십시오, 어떻게 거기에 도달할 수 있는지요?   1895

메피스토펠레스

이야기를 더 하기 전에, 우선 말해보게.

자네 어떤 학부를 선택할 것인가?

학생

저는 훌륭한 학자가 되고 싶습니다.

기꺼이 저는 이 지상에서의 일과

천상에서의 일을 모두 파악하여,   1900

학문과 자연에 통달하고자 합니다.

메피스토펠레스

그렇다면 올바른 길을 찾아들었군.

하지만 잠시도 방심해서는 안 될걸세.

학생

　　몸과 마음을 다 바칠 생각입니다.

　　그러나 즐거운 여름축제일 같은 때에는　　　　　　　　1905

　　약간이나마 자유를 얻어 오락을 즐기게 되면,

　　물론 더욱 기분이 좋아지리라 생각됩니다.

메피스토펠레스

　　시간은 빨리 흐르는 것이니, 아껴 쓰도록 하게.

　　그러나 규칙적인 생활을 하면 시간을 벌게 되지.

　　그래서 내 친애하는 자네에게 충고하건대,　　　　　　1910

　　우선 논리학 강의를 듣도록 하게나.

　　그러면 정신이 자네를 잘 훈련시켜주고,

　　스페인 식 장화를* 신은 듯 잘 졸라매주어서,

　　그 덕에 사상의 길을 가는 데도

　　보다 신중하게 살금살금 걸어가게 되고,　　　　　　　1915

　　도깨비불 모양으로 가로로 세로로

　　이리저리 비틀거리지는 않을 것일세.

　　그 다음에는 여러 날에 걸쳐 자네는,

　　이제까지는 마음대로 먹고 마시는 것처럼,

　　한꺼번에 해치우던 일에도,　　　　　　　　　　　　1920

　　하나! 둘! 셋! 하고 순서가 필요하다는 걸 배울 것이네.

　　사실 사상(思想) 공장이란

---

* 주리를 트는 일종의 고문기구.

걸작의 직조물과 같은 것이어서,

한번 밟으면 수천의 실들이 움직이고,

조그만 북들이 이리저리 넘나들며,   1925

실들이 눈에도 안 보이게 흘러나와,

한 번을 쳐도 수천의 결합이 이루어진다네.

철학자가 강의실 안으로 들어와서

그것은 이래야만 한다고 논증할 것일세.

첫째가 이러하고, 둘째가 이러하므로,   1930

셋째와 넷째는 이러해야만 한다.

만일 첫째와 둘째가 이러하지 않다면,

셋째와 넷째는 절대 이러하지 않을 것이다.

이런 이론을 도처의 학생들이 찬양하지만,

훌륭한 직조공이* 된 사람은 아무도 없다네.   1935

살아 있는 것을 인식하고 서술하겠다는 사람들은,

우선 정신을 몰아내려고 애를 쓴단 말이야.

그렇게 하면 부분적인 것들은 손에 쥐게 되지만,

유감스럽게도 정신적인 연관성은 결여되게 마련이지!

화학에서는 이를 자연의 조작(操作)이라 말하지만,   1940

스스로를 조롱하는 것일 뿐, 그 근본 이치는 모르고 있어.

학생

선생님의 말씀을 제대로 이해할 수가 없군요.

---

* 사상가, 철학자를 의미함.

메피스토펠레스

다음에는 좀더 잘 알아듣게 될걸세.

자네가 모든 것을 근원으로 환원시켜

같은 속성끼리 분류하는 법을 배운다면 말일세.   1945

학생

말씀을 듣고 있으려니 온통 바보가 되어,

머릿속에서 물방아 바퀴가 돌아가는 것 같습니다.

메피스토펠레스

그 다음에는 다른 모든 일에 앞서,

형이상학을 공부해야만 할걸세!

그러면 인간의 두뇌에 전혀 어울리지 않는 것도,   1950

심원한 의미를 붙여 파악하게 됨을 알게 될걸세.

두뇌 속에 용납되는 것에든 안 되는 것에든,

훌륭한 용어가 마련되어 있다네.

그러나 우선 반 년 동안은

모든 질서를 성실히 지키도록 하게나.   1955

매일 다섯 시간씩 강의를 하는데,

종소리와 더불어 강의실에 들어가 있도록 하게!

미리 예습을 잘 해두어야 하며,

강의 구절 하나하나를 잘 공부해두게.

그렇게 되면 나중에 선생이 책에 씌어진 것 이외엔   1960

아무것도 말하지 않는다는 사실을 잘 알게 될걸세.

그러나 필기만은 열심히 해두어야 한다네.

마치 성령(聖靈)이 받아쓰게 하는 것처럼 말이야!

학생

그런 것은 두말하실 필요도 없습니다!

그것이 얼마나 유용한지 저도 잘 알고 있습니다.   1965

흰 종이 위에 검게 필기해놓은 것만은,

기분 좋게 집으로 가져갈 수 있으니까 말입니다.

메피스토펠레스

어쨌거나 학부를 하나 택하도록 하게!

학생

아무래도 법률학에는 마음이 내키지 않는군요.

메피스토펠레스

자네가 그리 생각하는 걸 탓할 수가 없네.   1970

이 학문이 어떠하다는 것은 나도 잘 알고 있으니까.

대체로 법률이니 권리니 하는 따위는

영원한 질병처럼 계속해 유전되는 것으로서,

한 세대에서 다른 세대로 이어져 내려가고,

이 지방에서 저 지방으로 슬쩍 옮겨간단 말이야.   1975

이성이 불합리로 변하고, 선행(善行)이 화(禍)로 변하니,

자네가 그 자손으로 태어난 것이 슬픈 일이네!

우리가 타고난 권리에 대해선,

유감스럽게도 한 번도 문제 삼는 일이 없단 말이야!

학생

선생님 말씀을 들으니 제 혐오감이 더 커지는군요.   1980

아아, 선생님의 가르침을 받는 자는 행복하겠습니다!

그렇다면 신학을 공부하면 어떨까 생각합니다.

메피스토펠레스

난 자넬 그릇된 길로 인도하고 싶지 않네.

이 학문에 관하여 말하자면,

그릇된 길을 피하기가 극히 어렵다네.　　　　　　　　1985

그 속에는 감춰진 독(毒)이 하도 많아서,

약이 되는 것과 구별하기가 거의 불가능하지.

여기서도 가장 좋은 방법은, 자네가 한 스승만을 받들어,

그 선생님의 말씀을* 절대적으로 신봉하는 것일세.

대체적으로 말해— 말이란 것을 의지하도록 하게나!　　　1990

그렇게 되면 자넨 안전한 문을 통하여

확신의 전당으로 들어가게 될걸세.

학생

그러나 말에는 어떤 개념이 있어야만 하겠지요.

메피스토펠레스

그야 물론! 허나 지나치게 걱정해서는 안 되네.

왜냐하면 개념이 결여된 곳에는 바로,　　　　　　　　1995

말이란 것이 제때에 나타나는 법이니까 말일세.

말을 가지고 훌륭한 논쟁도 할 수 있고,

말로써 하나의 체계를 세울 수도 있으며,

---

* 예수 그리스도의 말씀, 즉 성서를 의미함.

말 자체를 그대로 믿을 수도 있는바,

한마디 말에서는 단 일획도 빼놓을 수가 없다네. 2000

학생

여러 가지 질문으로 괴롭혀드려 죄송합니다만,

한 가지만 더 폐를 끼쳐드려야 되겠습니다.

선생님께서 의학에 관해서도 역시

적절한 말씀을 몇 마디 해주시지 않겠습니까?

삼 년이란 기간은 짧은 세월인데, 2005

정말이지, 그 분야는 너무 광범위해서 말입니다.

그 방향만이라도 지시받을 수 있다면,

벌써 한참 더듬어나온 듯한 느낌이 들겠지요.

메피스토펠레스 (혼잣말로)

이제 이따위 무미건조한 말투에는 싫증이 나는구나.

다시금 제대로 악마 노릇을 해야겠다. 2010

(큰 소리로) 의학의 정신이란 쉽사리 파악할 수 있다네.

우선 대(大)세계와 소세계를 두루두루 연구하고,

다음엔 결국 신의 뜻대로,

되어가는 대로 내버려두는 것이지.

자네가 학문을 한답시고 떠돌아다녀도 소용없는 일, 2015

누구나 자기가 배울 수 있는 것만 배울 따름이라네.

그러나 순간을 제대로 포착하는 자,

그자가 진정한 사나이라 할 수 있지.

자네는 아직 체격도 그럴듯하고,

뱃심도 없지 않은 것 같으니,

자네가 자네 자신을 신뢰만 한다면,

다른 인간들도 자네를 신뢰하게 될걸세.

특히나 계집들 다루는 법을 배워두게나.

계집들의 아프다, 괴롭다 하는 소리는 그칠 날 없고,

그것도 천태만상이지만,

딱 한 점으로부터* 치료해낼 수 있다네.

자네가 웬만큼 신용 있게 해나가기만 하면,

계집들을 모조리 자네 수중에 넣을 수 있을걸세.

우선 박사학위를 하나 받아, 자네의 의술(醫術)이

다른 어떤 기술보다 월등하다고 믿게 해야 한다네.

다른 사람들이 여러 해 동안 겉만 만지작거리던

온갖 소중한 것들을, 환영하는 뜻으로 덥석 만져보게나.

맥을 짚는 법도 잘 터득해야 한다네.

그리고 이글거리는 눈길을 교활하게 던지면서,

얼마나 단단히 졸라맸는지 알아보겠다는 식으로,

그 날씬한 허리를 대담하게 잡아보란 말일세.

학생

훨씬 멋져 보이는군요! 어딜 어떻게 할지 알겠습니다.

메피스토펠레스

여보게, 이론이란 모두 회색빛이고,

---

* 여자의 가장 은밀한 지점, 즉 음부를 뜻함.

126

푸르른 것은 오직 인생의 황금나무뿐이라네.

학생

맹세코 말씀드리건대, 저는 꿈꾸는 것 같습니다.   2040

다음번에 다시 찾아뵙고, 선생님 지혜에 관해

철저히 여쭈어보아도 되겠습니까?

메피스토펠레스

내가 할 수 있는 일이라면 기꺼이 해주지.

학생

이대로 그냥 돌아갈 순 없습니다.

여기 제 서명첩을* 내놓아야만 되겠습니다.   2045

호의를 베푸시어 서명을 하나 해주십시오!

메피스토펠레스

그렇게 하지. (적어서 돌려준다.)

학생 (읽는다.)

너희 신과 같이 되어, 선과 악이 무엇인지 알게 되리라.**

(학생, 공손히 서명첩을 접어들고 하직한다.)

메피스토펠레스

옛 격언과 내 아주머니인 뱀의 말을 따르라!

언젠가는 네가 신과 닮았다는 것이 두려워지리라!   2050

---

* 저명인사들의 서명을 받기 위한 수첩, 즉 서명첩을 가지고 다니는 것이 괴테 시대의 일반적 풍습이었음.

** 성서의 창세기에 나오는 라틴어로 된 말. Eritis sicut Deus scientes bonum et malum.

(파우스트, 등장한다.)

파우스트

　이제 어디로 갈 건가?

메피스토펠레스

　　　　　　당신 좋으신 데로 갑시다.

　우선 조그만 세계를, 다음엔 큰 세계를* 보도록 하지요.

　당신은 아주 즐겁게, 아주 유익하게

　이 과정을 공짜로 수업하게 될 것이외다!

파우스트

　나는 이 긴 수염 하나만으로도,　　　　　　　　　　2055

　그렇게 경박한 생활태도는 취하지 못할 것이다.

　시도는 해보겠지만, 신통한 성과는 얻지 못하리라.

　난 한 번도 세상과 어울려 지내보질 못했다.

　다른 사람들 앞에만 서면 왜소하게 느껴지니,

　나는 언제 어디서나 당황하고 말 것이다.　　　　　2060

메피스토펠레스

　여보시오, 그런 건 모두 다 잘될 것이오.

　자신만 믿으면, 곧 사는 방법도 알게 될 것이외다.

파우스트

　그런데 이 집에서 어떻게 빠져나간단 말이냐?

---

* 작은 세계와 큰 세계, 이는 비극 제1부의 학생과 그레첸이 등장하는 소시민 세계와 제2부에 나타나는 왕후 귀족들의 정치세계를 뜻함.

말과 하인과 마차는 어디에 있느냐?

메피스토펠레스

그저 이 외투를 펼쳐놓기만 하면,   2065

그것이 우리를 싣고 하늘을 날아갈 것입니다.

이런 대담한 발걸음을 내딛는 때에

너무 커다란 짐만은 가져가지 마십시오.

내가 준비하게 될 약간의 불기운이*

우리를 기민하게 지상에서 들어올려줄 것이라오.   2070

우리가 가벼우면 그만큼 더 빨리 날아오를 겁니다.

그럼 당신의 새로운 인생길을 축하하는 바입니다!

라이프치히의 아우어바흐 지하 술집**

유쾌한 녀석들의 술좌석.

프로슈

아무도 안 마시려나? 웃는 놈도 없나?

상판 찡그리는 맛을 좀 가르쳐줄까!

오늘은 어째 축축 젖은 지푸라기 같으냐.   2075

---

* 전설상의 파우스트도 마법의 망토를 입고 공중을 날아다님. 작가는 이 마술의 외투를 불기운으로 채우고 있는데, 마침 1782~83년에 몽골피어 형제가 처음으로 기구를 띄우기 위해 열기를 이용하였고, 괴테는 이에 관해 깊은 관심을 갖고 있었음.
** 라이프치히에 있는 역사적인 지하 술집으로 그 벽에는 술통을 타고 달리는 파우스트의 그림이 그려져 있음.

전에는 늘 불처럼 활활 타오르던 놈들이.

브란더

그건 너 때문이다. 네놈이 아무 일도 벌이지 않으니까.

바보짓도 안 하고, 더러운 장난질도 안 하니까 말이다.

프로슈 (브란더의 머리 위에다 포도주 한 잔을 부으면서)

두 가지를 다 해주마!

브란더

이 쌍, 돼지 같은 놈이!

프로슈

그래주길 바랐으니까, 그렇게 하는 수밖에!　　　　　　2080

지벨

싸우는 놈들일랑 밖으로 꺼져버려라!

가슴 펴고 룬다* 노래를 불러라, 술 마시고 소리를

질러라!

일어나라! 홀라! 호!

알트마이어

아이구 아이구, 나 죽겠다!

숨 좀 다오! 저 자식 때문에 귀청 터지겠다!

지벨

저 둥근 천장에 메아리칠 정도가 되어야,　　　　　　2085

진짜 저음(低音)의 근본 위력을 느끼게 되리라.

---

* 대학생들의 윤창가, 음주가.

프로슈

맞았어, 불만 있는 놈은 밖으로 꺼져라!

아! 타라 랄라 라!

알트마이어

아! 타라 랄라 라!

프로슈

이제 목청이 맞는구나.

(노래한다.)

사랑하는 신성로마제국이여,   2090

어찌하여 아직도 합쳐져 있나?

브란더

더러운 노래다! 퉤퉤! 정치적인 노래야,

듣기 싫은 노래다! 매일 아침 하나님께 감사나 드려라.

네놈들 로마제국을 걱정할 필요가 없게 됐으니 말이다!

나는 황제나 재상(宰相)이 되지 않은 것을,   2095

최소한 아주 다행스런 일이라고 생각한다.

그러나 우리에게도 대장이 없어선 안 되겠으니,

우리 교황 같은 놈 하나 뽑기로* 하자.

너희들 알겠지, 어떤 자질로 인해

그것이 결정되고, 그 사나이가 추대되는가를.   2100

프로슈 (노래한다.)

---

* 술을 가장 많이 마신 사람을 상석에 앉히는 습관에서 나온 말.

날아올라라, 꾀꼬리 부인,

내 임에게 천만 번 안부 전해다오.

지벨

임에게 무슨 놈의 안부! 그런 소린 듣기 싫다!

프로슈

임에게 안부와 키스를! 네놈이 날 막진 못할걸!

(노래한다.)

빗장을 열어라! 고요한 밤에.   2105

빗장을 열어라! 임이 기다린다.

빗장을 닫아라! 이른 새벽에.

지벨

그래, 불러라 불러, 그년이나 자랑하고 찬양하라!

언젠가는 내가 비웃어줄 때가 오리라.

그년은 나를 속였는데, 네놈에게도 그렇게 하리라.   2110

그년의 애인으로는 도깨비가 제격이다!

그놈은 네거리에서도 그년과 장난질할 테니까.

그러면 브로켄 산에서 돌아오는 늙은 염소가,*

달려가며 잘 자라고 음매음매 울어주겠지!

순수한 혈통 출신의 성실한 녀석은   2115

그런 창녀 같은 년에겐 과분하단 말이야.

그런 년에게 안부는 고사하고,

---

* 발푸르기스의 밤에 마녀들은 염소를 타고 하르츠 산맥의 가장 높은 브로켄 산에 모여
든다고 하는데, 염소는 호색적인 동물을 상징함.

그년의 창문에다 돌팔매질이나 하면 좋겠다!

브란더 (식탁을 두드리며)

조용해라! 조용해! 내 말 좀 들어보라!

여보게들, 솔직히 말해, 난 세상물정을 좀 알거든.   2120

사랑에 빠진 친구들이 여기 앉아 있으니,

그들 신분에 어울리게, 저녁 인사로

무언가 멋진 것을 보여줘야지.

잘 들어보라! 최신형의 노래다!

후렴은 다 같이 힘차게 부르자!   2125

(노래한다.)

지하실 구멍에 쥐가 한 마리,

지방(脂肪)과 버터만 먹고 살았네.

배때기에 살이 통통 쪄서는,

그 모습 영락없이 루터 박사님.

식모가 놓아둔 쥐약을 먹고는,   2130

세상이 온통 답답해졌네.

상사병에라도 걸린 놈처럼.

합창 (환성을 지르며)

상사병에라도 걸린 놈처럼.

브란더

이리 뛰고 저리 뛰고 들락거리며,

시궁창마다 찾아서 물을 마시고,   2135

온 집 안을 긁어대고 물어뜯어도,

온갖 발악 다 해봐도 소용이 없네.
두려워 팔딱팔딱 뛰기도 하며,
가련한 쥐새끼 별별 짓 다 해보네.
상사병에라도 걸린 놈처럼.   2140

합창

상사병에라도 걸린 놈처럼.

브란더

답답하고 두려워서 밝은 대낮에
쥐새끼 부엌으로 달려와서는,
부뚜막 앞에 쓰러져 꿈틀거리며,
가련하게 가는 숨만 할딱거렸네.   2145
쥐약 먹인 식모년 깔깔대며 하는 말,
하하! 요놈 마지막 구멍으로 피리를 부네.
상사병에라도 걸린 놈처럼.

합창

상사병에라도 걸린 놈처럼.

지벨

저 저속한 놈들 기뻐하는 꼴이라니!   2150
불쌍한 쥐새끼에게 쥐약이나 뿌리는 것이,
고작해야 네놈들 재주로구나!

브란더

네놈은 쥐새끼를 꽤나 좋아하는 모양이지?

알트마이어

저 대머리 까진 배불뚝이 자식!

운이 없어서 놈이 양순해졌구나.   2155

그 퉁퉁 부어오른 쥐새끼를 보고서,

제 꼴을 닮았노라 생각하는 모양이군.

(파우스트와 메피스토펠레스가 등장한다.)

메피스토펠레스

이제 무엇보다도 먼저 당신을

이 유쾌한 녀석들에게로 데려가야겠습니다.

저들이 얼마나 쉽게 살아가는지 보시도록 말입니다.   2160

여기 모인 족속들에겐 매일매일이 잔칫날이지요.

재간은 별로 없어도 크게 즐거워하며,

고양이 새끼가 제 꼬리를 물고 도는 것처럼,

모두가 비좁은 원을 그리면서 춤을 추지요.

이자들은 머리통이나 아프지 않고,   2165

술집 주인이 외상술을 마시게만 해주면,

아무런 걱정 없이 만족해서 살아가지요.

브란더

저 자식들은 여행중인 것 같은데,

괴상한 꼬락서니를 보면 알아차릴 수 있거든.

여기 온 지 한 시간도 안 되는 모양이야.   2170

프로슈

그래, 네 말이 옳아! 난 라이프치히가 좋아!

작은 파리라고* 할 만해, 사람들도 교양 있고.

지벨

저 낯선 인간들 뭐 하는 놈들 같으냐?

프로슈, 내게 맡겨둬! 술을 한 잔 가득 먹여놓고,

어린아이들 이빨 뽑듯이,　　　　　　　　　　　　　　2175

놈들의 정체를 간단히 알아내겠다.

출신 가문은 그럴듯한 것 같은데,

저놈들 꼴이 건방지고 불만스런 표정이야.

브란더

협잡꾼들임에 틀림없어. 내기를 해도 좋아!

알트마이어

그럴 거야.

프로슈

　　　　　두고 봐, 내 주리를 틀어놓을 테니까!　　　　2180

메피스토펠레스 (파우스트에게)

이놈들, 악마도 몰라보는군요.

악마에게 제 목덜미를 잡혀도 그럴 테지요.

파우스트

여러분, 안녕하시오!

―――――――――
* 라이프치히를 찬양하여 '작은 파리'라고 부름.

136

지벨

　　　　　　인사 말씀 감사하오.

(메피스토펠레스를 옆에서 바라보며 낮은 소리로)

이 녀석은 한쪽 다리를 절름거리고* 있잖아?

메피스토펠레스

당신들과 합석해도 되겠소?　　　　　　　　　　　　2185

맛 좋은 술은 있지도 않은 것 같으니, 대신

함께 어울려 즐겁게 지내보도록 합시다.

알트마이어

당신, 상당히 사치에 젖은 양반 같소이다.

프로슈

당신들 리파흐에서** 늦게야 떠나온 모양이지?

거기서 한스란*** 놈과 성대한 저녁식사라도 하셨나?　　　2190

메피스토펠레스

오늘은 그곳을 그냥 지나쳐 왔소이다!

지난번에 그 친구를 만났었지요.

자기 사촌들 이야기를 많이 하던데,

여러분 만나거든 인사를 전해달라고 하더이다.

(프로슈에게 허리를 굽혀 인사한다.)

---

* 악마는 천국에서 지옥으로 떨어질 때 절름발이가 되었다고 함.

** 프랑크푸르트에서 라이프치히로 가는 도중 역마차 정류장이 있는 마을 이름.

*** 18세기에 대학생들 간에 유행하던 '우악스런 촌놈'이란 뜻으로 쓰인 가상 인물 한스
아르슈 폰 리파흐(Hans Arsch von Rippach)를 말함.

알트마이어 (낮은 소리로)

　한 방 먹었구나! 제법인데!

지벨

능청스런 놈이로군! 2195

프로슈

　어디, 두고 보자. 놈을 꺾어놓고 말 테니!

메피스토펠레스

　내가 잘못 듣지 않았다면,

　세련된 음성으로 합창을 하시던데요?

　틀림없이, 노랫소리가 여기서는

　저 둥근 천장에 부딪혀 제대로 잘 울리겠소이다! 2200

프로슈

　당신은 음악의 명수인 모양이지?

메피스토펠레스

　오, 아니요! 능력은 없지만, 취미는 대단하죠.

알트마이어

　노래 한 곡 부르시오!

메피스토펠레스

원하신다면야, 얼마든지.

지벨

　단 최신 유행가를 부르도록 하시오!

메피스토펠레스

　우린 방금 스페인에서 돌아오는 길인데, 2205

포도주와 노래로 유명한 그 아름다운 나라에서 말이오.

(노래한다.)

> 옛날 옛적 임금님 한 분 계셨는데,
> 큼직한 벼룩 한 마리 길렀더래요—

프로슈

들어봐라! 벼룩이란다! 잘 알아들었냐?

벼룩이란 놈은 깨끗한 손님이거든.   2210

메피스토펠레스 (노래한다.)

> 옛날 옛적 임금님 한 분 계셨는데,
> 큼직한 벼룩 한 마리 길렀더래요.
> 마치 자기 친아들이나 되는 것처럼,
> 적지 않게 벼룩을 사랑했대요.
> 임금님 재단사를 부르라 명하시니   2215
> 지체 없이 재단사 대령하였네.
> 자, 귀공자님의 옷을 지어라!
> 바지도 알맞게 재단하여라!

브란더

> 잊지 말고 재단사에게 분부하게나.
> 한치도 틀림 없이 재단을 하고,   2220
> 그리고 제 목숨이 아깝거든,
> 바지에도 주름살이 없어야 한다고!

메피스토펠레스

> 비로드에 비단으로 만든 옷,

귀공자님 멋지게 차려입었네.

옷에는 갖가지 리본을 달고,   2225

십자가도 하나 달았더래요.

그러자 곧바로 재상(宰相)이 되고,

커다란 훈장도 하나 받았더래요.

그 다음엔 벼룩의 형제자매들까지,

궁중에서 자리 높이 출세했다네.   2230

궁중의 귀족이나 귀부인들은

벼룩에게 지독스레 고통당하고,

왕비님과 시녀들까지도

찔리고 물리고 하였더래요.

그렇다고 죽이는 건 금지되었고,   2235

가렵다고 긁어서도 아니 되었네.

우리네야 그놈이 물기만 하면,

단번에 으깨서 죽여버리리.

합창 (환성을 올리며)

우리네야 그놈이 물기만 하면,

단번에 으깨서 죽여버리리.   2240

프로슈

브라보! 브라보! 그거 정말 멋지다!

지벨

벼룩이란 놈은 모조리 그렇게 죽여버려라!

브란더

손가락 뾰족이 해서 재치 있게 잡아라!

알트마이어

자유 만세! 포도주 만세!

메피스토펠레스

자네들 술이 조금만 더 좋았더라면,   2245

자유를 높이 찬양하고자, 나도 한잔 마시고 싶었을 거요.

지벨

그따위 소리는 다시 듣고 싶지 않아!

메피스토펠레스

술집 주인장이 야단할까 걱정이지만,

그렇지만 않다면 이 귀한 손님들에게,

우리 지하실에서 제일 좋은 술을 대접할 텐데.   2250

지벨

내놓기만 하시오! 그건 내가 책임지겠소.

프로슈

좋은 술만 가져온다면, 당신네를 찬양하리다.

그렇다고 감질나게 맛만 보여서는 안 될 것이오.

왜냐하면 내가 맛을 감정하려면,

제대로 입 안에 가득한 술이 필요하니까요.   2255

알트마이어 (낮은 소리로)

놈들은 라인지방 출신인 것 같군.

메피스토펠레스

송곳이나 하나 가져오시오!

브란더

그걸로 무엇 하려고?

문 밖에 술통을 가져다놓은 건 아니지 않소?

알트마이어

저 뒤쪽에 주인의 연장통이 놓여 있소.

메피스토펠레스 (송곳을 집어든다.)

(프로슈에게)

자, 말하시오. 어떤 술맛을 보고 싶소?   2260

프로슈

무슨 말이오? 그렇게 여러 가지 술이 있단 말이오?

메피스토펠레스

누구에게나 원하는 대로 드리겠소이다.

알트마이어 (프로슈에게)

아이고, 네놈 벌써 입맛을 다시기 시작하는구나!

프로슈

좋소! 나더러 고르라면, 라인지방 포도주로 하겠소.

우리 조국이 최고의 선물을 선사해주고 있거든.   2265

메피스토펠레스 (프로슈가 앉아 있는 식탁 가장자리에 구멍을 뚫으면서)

즉시 마개를 만들도록 밀랍을 조금만 가져오시오!

알트마이어

아, 이건 요술이로군.

메피스토펠레스 (브란더에게)

　　당신은요?

브란더

　　　　난 샴페인으로 하겠소.

　　하지만 거품이 제대로 잘 이는 것으로 말이오!

메피스토펠레스 (구멍을 뚫는다. 한 사람이 그 동안에 밀랍으로

　　마개를 만들어 구멍을 막는다.)

브란더

　　외국산(外國産)이라고 늘 마다할 수는 없지.　　　　　　　　　2270

　　때로는 훌륭한 것이 아주 멀리에 있단 말이야.

　　진정한 독일 사나이란 프랑스 놈들을 싫어하지만,

　　프랑스 산 포도주만은 즐겨 마신단 말이야.

지벨 (메피스토펠레스가 그의 좌석으로 가까이 다가올 때)

　　솔직히 말해서, 난 신 것은 좋아하지 않으니,

　　순수하고 달콤한 것으로 한 잔 주시오!　　　　　　　　　　　2275

메피스토펠레스 (구멍을 뚫는다.)

　　당장 토카이 산 술이* 흘러나오도록 하겠소.

알트마이어

　　아니, 여보시오, 내 얼굴을 똑바로 보시오!

　　내 생각엔 당신이 우릴 그저 놀려먹자는 것 같소.

---

* 헝가리의 토카이 지방에서 나는 달콤한 포도주.

메피스토펠레스

아이, 무슨 말씀을! 이런 점잖은 손님을

놀려먹다니, 그건 좀 지나친 짓이겠지요.   2280

자, 어서요! 그저 솔직하게 말씀하십시오!

어떤 포도주를 대접해드리리까?

알트마이어

아무것이나 좋소! 자꾸만 묻지 말아주시오.

메피스토펠레스 (구멍을 모두 뚫고, 그 구멍을 막은 다음에)

(이상스런 몸짓을 하며)

포도송이는 포도나무에 열리고,

두 개의 뿔은 숫염소에 달렸다!   2285

포도주는 액체, 포도덩굴은 나무,

나무식탁에서도 포도주는 나온다.

자연을 꿰뚫는 심원한 눈초리!

여기 기적 일어나니, 믿을지어다!

자, 이제 그 마개를 뽑고 마셔보시오!   2290

모두들 (모두가 마개를 뽑으니, 저마다 원하던 술이 각자의 술잔에 흘러든다.)

오오, 정말 멋진 샘물이 우리들 잔에 흘러드는구나!

메피스토펠레스

조심하시오, 조금이라도 엎지르지 않도록!

(모두들 연거푸 마셔댄다.)

모두들 (노래 부른다.)

정말 카니발 때처럼 즐겁구나,

오백 마리 암퇘지가 행복한 것처럼!

메피스토펠레스

백성은 멋대로요. 얼마나 즐거워하나 보시오!   2295

파우스트

이제 난 그만 떠나고 싶구나.

메피스토펠레스

자, 우선 주의해 보십시오, 야수 같은 기질이

그야말로 현저하게 드러날 테니까요.

지벨 (조심성 없이 마시다가 술을 땅바닥에 흘리니까 불꽃이 일어난다.)

사람 살려! 불이야! 사람 살려! 지옥이 불탄다!

메피스토펠레스 (불꽃을 향해 주문을 말한다.)

진정하라, 친애하는 원소(元素)여!   2300

(지벨을 향하여)

이번에는 연옥(煉獄)의 불 한 방울에 불과할 따름이오.

지벨

이게 무슨 짓이냐? 기다려라! 비싼 대가를 치르게 하리라!

네놈 우릴 몰라보는 것 같구나.

프로슈

두 번 다시 그따위 짓을 해봐라!

알트마이어

내 생각엔, 저놈을 조용히 돌려보내는 게 좋겠는데.   2305

지벨

이봐, 뭐야? 네놈 여기에서 감히,

요술이라도 부려보겠다는 수작이냐?

메피스토펠레스

입 닥쳐, 늙은 술통 같은 놈아!

지벨

이 빗자루 같은 놈이!

그래도 우리들에게 대들어볼 작정이란 말이냐?

브란더

기다려라, 주먹세례를 내려주지!   2310

알트마이어 (식탁에서 마개를 뽑으니, 그에게로 불길이 솟아오른다.)

나 타 죽는다! 나 타 죽어!

지벨

이건 마술장난이다!

저놈 찔러 죽여라! 이런 놈은 죽여도 상관없다!*

(그들은 칼을 뽑아들고, 메피스토펠레스에게 달려든다.)

메피스토펠레스 (진지한 몸짓으로)

거짓된 형상과 말(言)이여,

의미와 장소를 변경하라!

여기에도 저기에도 있어라!   2315

(그들은 놀란 채 그 자리에 서서 서로를 바라본다.)

---

* 마술사들이란 법률의 보호 밖에 있으므로 죽여 없애도 상관없다는 뜻.

알트마이어

여기가 어디냐? 정말로 아름다운 고장이로구나!

프로슈

포도원이로다! 제대로 본 건가?

지벨

포도송이가 손에 닿는구나!

브란더

여기 이 초록빛 잎사귀들 아래,

멋진 포도나무 좀 보라! 이 포도송이를 좀 봐라!

(브란더, 지벨의 코를 잡는다. 다른 사람들도 서로 코를 잡고 칼을 쳐든다.)

메피스토펠레스 (전과 같은 몸짓으로)

혼미함이여, 두 눈의 속박을 풀어주라!   2320

그리고 네놈들, 악마의 장난이 어떠한지 기억해두라.

(메피스토펠레스는 파우스트와 함께 사라지고, 녀석들은 서로서로 물러

선다.)

지벨

어떻게 된 거지?

알트마이어

어찌 됐지?

프로슈

이게 자네 코였나?

브란더 (지벨에게)

자네 코가 내 손에 잡혀 있었군!

알트마이어

한 방 얻어맞았구나. 사지가 온통 얼얼한데!

의자를 이리 가져오게, 나 쓰러질 것 같아!

2325

프로슈

그래, 말 좀 해보게, 대체 어찌 된 일인가?

지벨

그놈 어디 갔지? 놈을 찾아내기만 하면,

그냥 살려 보내진 않을 테다!

알트마이어

그놈이 술집 문 밖으로 나가서―

술통을 타고 가는 걸 보았어―

2330

내 다리가 납덩이처럼 무거워지는구나.

(식탁 쪽으로 몸을 돌리며)

맙소사! 한데 아직도 포도주가 흘러나올까?

지벨

모두가 사기였어. 속임수이고 환상이었다.

프로슈

하지만 난 술을 마신 것 같은 생각이 드는걸.

브란더

그런데 그 포도송이는 어떻게 된 노릇이지?

2335

알트마이어

이래도 기적을 믿어선 안 된다고 말할 놈 있을까!

마녀의 부엌

나지막한 아궁이 불 위에 커다란 가마솥이 걸려 있다. 솥에서 허공으로 높이 피어

오르는 김 속에 여러 가지 형상이 나타난다. 꼬리가 긴 암원숭이* 한 마리가 가마솥

곁에 앉아 거품을 걷어내며, 솥이 흘러넘치지 않도록 돌보고 있다. 수원숭이는 새

끼들과 함께 그 곁에 앉아 불을 쬔다. 사방의 벽과 천장은 마녀가 쓰는 이상스러

운 가재도구들로 장식되어 있다.

파우스트, 메피스토펠레스

파우스트

이 미친 듯한 마술장난이 마음에 거슬리는구나!

이따위 미친 지랄 하는 쓰레기 속에서,

내가 치유될 수 있다고 장담하는 것이냐?

늙은 노파에게서 조언을 들어야 한다고?   2340

그리고 이 지저분한 음식이

내 육신을 삼십 년이나 젊게 해준다고?

좀더 좋은 방법을 알지 못한다니, 슬픈 일이로다!

이미 희망은 내게서 멀리 사라졌노라.

대자연도, 그리고 고귀한 정령도 아직까지,   2345

이렇다 할 영약(靈藥)을 찾아내지 못했단 말인가?

메피스토펠레스

여보시오, 또 그 잘난 소리만 하시는구려!

---

* 원숭이는 원래 악마의 소산물로 전해지며, 여기서는 마녀의 하인 노릇을 하고 있음.

당신을 젊게 만드는 데는 자연요법도 있소이다.

하지만 그건 다른 책에 씌어 있는 것으로,

기묘한 내용을 담고 있지요.   2350

파우스트

그것을 알고 싶구나.

메피스토펠레스

　　　　　　　좋아요! 그건 돈도 안 들고,

의사나 마술도 필요 없는 요법이지요.

당장 저 바깥 들판으로 나가셔서,

괭이로 갈고 땅을 파는 일을 시작하시고,

당신의 몸과 마음을   2355

극히 제한된 생활권 안으로 국한하고,

가공되지 않은 음식으로 몸을 보양하고,

가축과 더불어 가축으로 살면서, 추수할 밭에다

몸소 거름 주는 일을 약탈이라고 언짢게 여기지 마시오.

이것이 믿을 수 있는 최선의 요법이니,   2360

팔십 고령에도 당신을 젊게 유지해줄 것이오!

파우스트

난 그런 일에 익숙지 않다. 삽을 손에 든다는 것,

나 자신 그것을 감당할 수 없으리라.

그런 답답한 생활은 내게 전혀 어울리지도 않는다.

메피스토펠레스

그러니까 마녀 신세를 질 수밖에 없소이다.   2365

파우스트

　그런데 어찌하여 하필이면 늙은 노파란 말이냐!

　너 스스로 그 물약을 제조할 순 없단 말이냐?

메피스토펠레스

　그건 대단한 시간 낭비가 될 것이외다!

　그럴 여유가 있다면 다리라도 수천 개 건설하겠소.

　그저 기술과 학문뿐만이 아니라,　　　　　　　　　2370

　그런 영약을 만드는 데는 인내가 있어야 한답니다.

　차분한 정령이 몇 년이고 그 일에 달라붙어야 하는데,

　세월만이 그 섬세한 발효를 강화시켜준답니다.

　그리고 그런 제조에 필요한 것 모두가,

　아주 요사스런 물건들뿐이지요!　　　　　　　　　2375

　원래는 악마가 가르쳐준 것이지만,

　악마 혼자서는 만들어낼 수가 없다오.

　(짐승들을 바라보면서)

　보시오, 얼마나 귀여운 놈들이란 말이오!

　이놈은 하녀구요! 저놈은 머슴이올시다!

　(짐승들에게)

　주인마님은 집에 없는 모양이구나?　　　　　　　　2380

짐승들

　　잔칫집에 가려고,

　　굴뚝으로 해서

　　집 밖으로 나갔지요!

메피스토펠레스

　　보통 얼마 동안이나 쏘다니곤 하느냐?

짐승들

　　우리가 앞발을 불에 쬐고 있는 동안이지요.　　　　　　2385

메피스토펠레스 (파우스트에게)

　　저 귀여운 짐승들이 어떻소?

파우스트

　　이런 흉측한 놈들은 처음 보겠다!

메피스토펠레스

　　그렇소, 지금 주고받는 대화 같은 것이

　　바로 내가 가장 즐겨하는 것이외다!

　　(짐승들에게)

　　저주받을 꼭두각시들아, 말해보아라,　　　　　　　　2390

　　너희들이 휘젓고 있는 그 죽이 무엇이냐?

짐승들

　　거지들에게 나눠줄 묽은 죽을* 쑤는 거예요.

메피스토펠레스

　　그럼 손님이 대단히 많은 모양이로구나.

수원숭이 (가까이 다가와서 메피스토펠레스에게 아양을 부린다.)

　　　자, 어서 주사위를 던져서

---

* 수도원에서 빈민들에게 자선으로 나누어주는 죽을 말하는바, 이는 내용이 천박한 대중
문학작품을 풍자하는 것임.

날 부자로 만들어주세요. 2395

그리고 날 당첨시켜주세요!

내 신세가 말이 아닌데,

나도 돈만 있으면,

그럼 제정신을 차리겠죠.

메피스토펠레스

원숭이도 로또에 돈을 걸 수 있다면, 2400

얼마나 행복하다고 뽐내겠는가!

(그러는 동안에 꼬리 긴 원숭이 새끼들이 커다란 공을* 가지고 놀다가,

공을 굴리며 앞으로 나온다.)

수원숭이

이것이 세상이다.

올라갔다 내려갔다,

끊임없이 굴러간다.

유리처럼 울리더니— 2405

깨지기도 잘하누나!

안쪽은 텅 비었다.

이쪽에서 반짝이면,

저쪽에선 더욱 반짝,

나는야 살아 있다! 2410

---

* 커다란 공은 지구의(地球儀)를 말하며, 원숭이가 이를 장난감으로 가지고 노는 것은
세상의 역사적 순환을 풍자한 것임.

사랑하는 내 아들아,

저만큼 비켜서라!

자칫하다 죽고 만다!

이 공은 점토로 빚었으니,

산산조각 파편이 튀리라.   2415

메피스토펠레스

저 체는* 무엇에 쓰는 것이냐?

수원숭이 (체를 내려온다.)

당신이 만일 도둑이라면,

이것으로 당장 알아내지요.

(암원숭이한테로 달려가서, 체를 들여다보도록 한다.)

이 체를 통해 들여다보라!

도둑이란** 걸 알아차리려도,   2420

그 이름을 밝힐 수 없다고?

메피스토펠레스 (불 있는 쪽으로 다가가며)

그럼 이 냄비는?

수원숭이와 암원숭이

멍청한 바보양반!

냄비도 몰라보고,

가마솥도 몰라보네!   2425

---

* 체를 통해 미래나 비밀을 알 수 있다는 미신이 있음.
** 파우스트의 영혼을 훔치려 하기 때문에 메피스토펠레스 역시 도둑이라 할 수 있음.

메피스토펠레스

버르장머리 없는 놈 같으니라고!

수원숭이

여기 이 털이개 잡으시고,

여기 이 의자에 앉으시죠!

(메피스토펠레스를 억지로 자리에 앉힌다.)

파우스트 (그 동안 내내 거울 앞에 서서, 때로는 가까이 다가갔다 또 때로는 뒤로 물러섰다 한다.)

저게 무엇인가? 얼마나 천국 같은 모습이

이 마술의 거울 속에 나타난단 말인가! 2430

오, 사랑의 신이여, 너의 가장 빠른 날개를 빌려주어,

저 사랑하는 여인의 광야로 날 데려가다오!

아아! 이 자리에 가만히 머물러 있지 않고,

감히 저 여인에게로 가까이 가려 하면,

그 모습은 안개에 휩싸인 것처럼 보일 따름이다! — 2435

저건 한 여인의 가장 아름다운 모습이로다!

이런 것이 가능할까? 여자가 저처럼 아름답단 말인가?

이 날씬하게 쭉 뻗은 육체에서

천상의 온갖 정수(精髓)를 보게 되다니?

저러한 것이 지상에도 있을까? 2440

메피스토펠레스

물론이죠. 신이 우선 엿새 동안 고생을 하고,

마지막에 가서 스스로 만세를 부른다면,

근사한 무엇이 이루어졌음에 틀림없지요.

이번에는 눈요기나 실컷 해두도록 하시오.

저런 귀여운 계집 하나 물색해볼 테니까요.   2445

혹 운수가 대통해서 저런 계집을,

신랑이 되어 집으로 데려가는 자는 복될 것이오!

(파우스트는 계속해서 거울 속을 들여다본다. 메피스토펠레스는 의자에

기대앉아 털이개로 장난을 하면서 말을 계속한다.)

임금이 된 기분으로 나 여기 옥좌에 앉아 있으며,

왕홀(王笏)도 여기 들고 있는데, 아직 왕관이 빠져 있구나.

짐승들 (지금까지 뒤죽박죽 여러 가지 괴상한 동작을 하다가, 큰 소리를 지르

며 메피스토펠레스에게 왕관을 하나 가져다준다.)

　오오, 제발 바라옵건대,   2450

　땀과 피로써*

　이 왕관을 붙이옵소서!

(짐승들이 왕관을 서툴게 취급하다가 두 조각으로 깨뜨리며, 그것을 들

고 이리저리 뛰어다닌다.)

　이제 요 모양이 되었구나!

　우린 떠들며 구경도 하고,

　귀로 들으며 시도 짓는다.   2455

파우스트 (거울을 향하여)

---

* 백성들의 땀과 피로 왕위를 보존한다는 뜻이며, 깨어진 왕관은 실패한 프랑스 혁명에
대한 암시임.

156

슬프도다! 나 정말 미칠 것 같구나.

메피스토펠레스 (짐승들을 가리키며)

이쯤 되니 내 대가리까지 어질어질하구나.

짐승들

> 우리가 성공만 한다면,
>
> 그리고 운이 따라준다면,
>
> 그럼 사상(思想)도 생기리라!*   2460

파우스트 (전과 같은 동작으로)

내 가슴에 불이 붙기 시작한다!

어서 빨리 이곳을 떠나도록 하자!

메피스토펠레스 (전과 같은 자세로)

이제, 이놈들이 정직한 작가란 점을,

아무튼 인정하지 않을 수 없구나.**

(그때까지 암원숭이가 조심성 없이 내버려두었던 가마솥이 흘러넘치기 시작한다. 굉장한 불꽃이 일어나 굴뚝으로 빠져나간다. 마녀가 무서운 고함을 지르며 불꽃을 뚫고 아래로 내려온다.)

마녀

아우! 아우! 아우! 아우!   2465

---

* 엉터리 시라도 운이 좋으면 사상이 담긴 시가 될 수도 있다는 의미로, 이는 문학을 풍자하는 것임.

** 작가나 원숭이나 정직하게 고백할 줄 모른다는 점에서 마찬가지라는 의미.

저주받을 짐승놈! 망할 놈의 암퇘지년아!

가마솥을 그대로 두어, 주인마님을 그을리다니!

이 염병할 짐승놈들 같으니!

(파우스트와 메피스토펠레스를 바라본다.)

여기 이건 무엇이냐?

네놈들은 누구냐?   2470

여기서 뭘 하려는 거지?

어느 놈이 몰래 들어왔지?

골수에 사무치도록

불벼락 맛을 보여주마!

(마녀는 거품 걷는 국자를 가마솥에 집어넣었다가, 파우스트와 메피스토
펠레스와 짐승들에게 불꽃을 뿌린다. 짐승들이 신음한다.)

메피스토펠레스 (손에 들고 있던 털이개를 거꾸로 돌려잡고, 유리그릇과 냄비
들을 두드리면서.)

깨어져라! 두 동강 나라!   2475

죽은 저기 엎질러져라!

유리그릇도 넘어져라!

이건 장난일 따름,

네 곡조에 맞춰주는

장단이다, 이 썩을년아.   2480

(그러는 동안 마녀는 노여움과 놀라움으로 가득 차서 뒤로 물러선다.)

나를 알아보겠냐? 이 해골바가지야, 너 괴물 같은 년아!

네년의 주인이며 스승을 몰라본단 말이냐?

나를 방해하는 것은 모조리 갈겨주리라.

네년과 네 원숭이 도깨비들도 박살을 내겠다!

넌 이 빨간 재킷도 이제 두렵지 않단 말이냐?   2485

이 수탉 깃털도 알아볼 수 없단 말이냐?

내가 이 상판대기를 감추기라도 했느냐?

내 이름을 나 스스로 대야만 하겠느냐?

마녀

아이고, 주인어른, 인사가 거칠어서 죄송합니다!

당신의 말발굽을 보지 못했어요.   2490

데리고 다니시던 까마귀* 두 마리는 어디 두셨나요?

메피스토펠레스

이번에는 그 정도로 용서해주마.

하긴 우리가 서로 만나지 못한 지도,

벌써 오랜 세월이 흘렀으니 말이다.

온 세상을 핥고 다니는 문화란 것이,   2495

이 악마에게까지 손을 뻗쳤단 말이야.

그래서 북방 도깨비 모습은 이제 보이지 않게 되었지.

뿔이며 꼬리며 발톱 같은 것이 어디 보이느냐?

이 발굽만 해도, 내게 없어선 안 되겠지만,

사람들 눈에 띄면 내게 손해만 끼친단 말이야.   2500

그래서 나도, 많은 젊은 놈들이 그렇게 하듯,

---

* 악마를 상징하는 불길한 새.

여러 해 전부터 가짜 장딴지를 달고 다닌단다.

마녀 (춤을 추며)

정말이지 나 정신이 나갈 것 같네.

귀공자 사탄님을 여기서 다시 뵙게 되다니!

메피스토펠레스

이 계집아, 그 이름일랑 입 밖에 내지 마라!   2505

마녀

왜요? 그 이름이 뭐 잘못됐나요?

메피스토펠레스

그 이름은 오래 전에 이야기책에나 씌어 있었다.

그로 인해 인간들이 아무것도 더 나아진 것은 없으니,

악마를 피했다는데, 무수한 악마들이 그대로 남아 있거든.

이제 나를 남작님이라 불러라. 그래야 일이 잘될 테니까.   2510

나는 다른 기사들과 마찬가지로 기사가 되었다.

넌 내 고귀한 혈통을 의심하지 않겠지만,

보아라, 이게 내가 지니고 있는 문장(紋章)이니라!

(그는 외설적인 몸짓을* 한다.)

마녀 (방정맞게 웃는다.)

하! 하! 그건 당신다운 짓이로군요!

언제나 그랬던 것처럼 당신은 장난꾸러기예요!   2515

메피스토펠레스 (파우스트에게)

---

* 악마가 음탕한 몸짓으로 성기를 발기시키는 꼴을 하는 것임.

여보시오, 잘 배워두시오!

이것이 마녀들을 다루는 방식이외다.

마녀

그럼, 두 분께선 무슨 일로 오셨는지 말씀해보세요.

메피스토펠레스

그 유명한 약을 한 잔 가득 달라는 걸세!

그러나 가장 오래된 것으로 부탁하네. 2520

해묵은 것일수록 약효가 배가될 테니까.

마녀

드리고말고요! 여기 한 병이 있는데,

나도 가끔 그걸 핥아먹곤 하지만,

이젠 지독한 냄새도 전혀 풍기지 않아요.

기꺼이 한 잔을 올리겠나이다. 2525

(낮은 소리로)

그러나 이 양반이 아무 준비 없이 마셨다간,

아시다시피 한 시간도 살지 못할 텐데요.

메피스토펠레스

그는 좋은 친구이니 잘되어야 한다.

네 부엌에서 가장 좋은 것을 그에게 대접하고 싶다.

동그라미를 그려놓고, 주문을 외우도록 하라. 2530

그러고는 그에게 한 잔 가득 올리도록 하라!

(마녀는 이상스런 몸짓을 하며 동그라미를 그리고, 그 안에다 괴상한 물건들을 늘어놓는다. 그러는 동안에 유리그릇이 울리고 가마솥이 소리를

내며, 음악이 시작된다. 마지막으로 마녀는 커다란 책을 가져오고 꼬리 긴 바다 원숭이들을 원 안으로 끌어들여, 책상으로 쓰기도 하고, 횃불을 들고 있게도 한다. 마녀는 파우스트에게 손짓하여, 안으로 들어오라고 한다.)

파우스트 (메피스토펠레스에게)

그래, 말해보게. 이거 어떻게 되는 건가?

이 미친 듯한 물건들, 미쳐 날뛰는 몸짓,

극도로 입맛 떨어지게 하는 속임수,

그런 것쯤 나도 알고 있는데, 저주스런 것들이다.   2535

메피스토펠레스

아이고, 우스개 장난이오! 그저 웃어넘기시오.

그렇게 꼬장꼬장한 양반이 되진 말아주시오!

저것도 의사로서 약효를 제대로 내게 하려면,

요술부리는 짓을 해야만 한답니다.*

(파우스트를 억지로 동그라미 속으로 들어가게 한다.)

마녀 (크게 강조하여 책을 낭송하기 시작한다.)

　　너는 알아야만 하리라!   2540

　　하나에서 열을 만들고,

　　둘은 사라지게 하여,

　　즉시 셋을 만들지어다.

　　그러면 너 부유하리라.

　　넷을 잃도록 하라!   2545

---

* 의사에 대한 풍자.

다섯과 여섯에서,

마녀가 명하나니,

일곱과 여덟을 만들지어다.

그리하여 완성되었나니,

아홉은 하나이고,   2550

열은 공(空)이니라.

이것이 마녀의 구구법이니라.*

파우스트

내 생각엔 저 노파가 열병으로 헛소릴 하는 모양이다.

메피스토펠레스

저것이 다 끝나려면 아직도 멀었소이다.

내가 알기로, 저 책은 전체가 저런 소리들뿐이라오.   2555

나도 저 책을 가지고 상당한 시간을 허비했는데,

완전한 모순이란 현자에게나 바보에게나

다 같이 신비로 가득 차 있기 때문이지요.

여보시오. 학예(學藝)란 낡고도 새로운 것이랍니다.

그 방식은 옛날이나 지금이나 마찬가지로,   2560

셋은 하나, 하나는 셋이라고 하며,**

진리 대신에 오류를 전파하고 있소이다.

이렇게 지껄여대며 제멋대로 가르치는데,

누가 그런 바보들과 상종하려 하겠소이까?

---

* 마녀 구구법의 의도는 의미가 없는 것을 의미가 있는 것처럼 노래하는 것임.

** 삼위일체설에 대한 풍자.

인간이란 보통 그저 말만 듣고서도,   2565

거기엔 뭔가 사색할 게 있다고 믿는단 말이오.

마녀 (계속한다.)

지고한 위력은

학문에도,

온 세상에도 숨겨져 있도다!

사색하지 않는 자,   2570

그에게 그것은 절로 주어지리니,

걱정 없이 그 위력 갖게 되리라.

파우스트

저 노파 무슨 쓸데없는 소릴 지껄여대는가?

머리가 당장 터질 것만 같구나.

내 생각엔, 무수한 바보들이 모여 떠들어대는   2575

합창 소리를 한꺼번에 듣는 것 같구나.

메피스토펠레스

됐다, 됐어. 이 당당한 무당년아!

너의 물약을 이리 가져와서,

어서 언저리까지 넘치도록 잔을 채워라.

내 친구에겐 이 약이 해롭지 않을 것인즉,   2580

그는 상당히 수준 높은* 분이시라,

여러 가지 좋은 약을 많이 마셔보았느니라.

---

* 학문 분야에서 여러 학위를 가지고 있음을 의미함.

마녀 (여러 가지 의식과 더불어 물약을 잔에 따른다. 파우스트가 잔을 입에
대자 가벼운 불꽃이 일어난다.)

메피스토펠레스

쭉 들이켜시오! 그대로 계속!

당장에 마음이 상쾌해질 것이외다.

당신은 악마와도 너나들이하는 사이인데,   2585

그따위 불꽃을 두려워한대서야 되겠소?

(마녀가 원을 풀어준다. 파우스트가 밖으로 나온다.)

메피스토펠레스

자, 빨리 이리 나오시오! 쉬어서는 안 됩니다.

마녀

당신에게 그 약 효험이 제대로 나타나길 바라옵니다!

메피스토펠레스 (마녀에게)

무엇이든 네 청을 들어줄 터이니,

발푸르기스의 밤에만* 말하도록 하라.   2590

마녀

여기 노래가** 하나 있어요! 때로 이 노랠 부르시면,

각별한 효험을 느끼게 될 거예요.

---

* 발푸르기스는 8세기경 영국 태생의 성녀(聖女)로서 독일에 사원을 세워 포교에 종사
함. 질병과 마술에 대항하는 수호여신인 그녀의 기념일인 5월 1일 전야(4월 30일부터 5
월 1일 아침까지)에는 마녀와 마귀들이 브로켄 산에 모여 술 마시고 음란한 춤을 추며,
밤새도록 망아적 도취의 축제를 벌인다는 미신이 있음.
** 마녀는 파우스트에게 음탕한 노래가 적힌 것을 건네줌.

메피스토펠레스 (파우스트에게)

자, 빨리 오시오, 내가 안내하리다.

당신은 반드시 땀을 흘려야만 할 것이니,

그래야만 약 기운이 안팎으로 스며들 것이외다.   2595

그 다음에 고귀한 게으름 즐기는 법을 가르쳐드리리다.

곧 사랑의 신 큐피드가 발동하여 이리저리 뛰놀듯이,

당신 마음속이 즐거워지는 걸 느끼게 될 것입니다.

파우스트

잠깐만이라도 저 거울을 다시 들여다보게 해다오!

그 여인의 모습이 정말 너무나 아름다웠도다!   2600

메피스토펠레스

아니, 안 됩니다! 당신은 모든 여인의 전형을

이제 생생하게 눈앞에 보게 될 것이외다.

(낮은 소리로) 그 약 기운이 몸속에 들어갔으니,

네놈에겐 곧 여자가 모두 헬레나로* 보이게 되리라.

---

* 고대 그리스의 절세미인 헬레나와 같은 미(美)의 기적을 가리키는 말. 이는 제2부에
서술된 헬레나 비극을 암시하는 것일 수도 있음.

길거리

파우스트. 마가레테가 지나간다.

파우스트

아름다운 아가씨,* 감히 내 팔을 내밀어,   2605

당신을 댁까지 모셔다드려도 되겠습니까?

마가레테

전 아가씨도 아니고, 아름답지도 않아요.

바래다주시지 않아도 집까지 갈 수 있어요.

(마가레테, 뿌리치고 퇴장한다.)

파우스트

아, 정말로 저 처녀는 아름답구나!

나 이제까지 저런 애를 본 적이 없다.   2610

저렇게 정숙하고 얌전한데다가

동시에 약간 새침하기도 하구나.

저 빨간 입술, 그 환한 뺨,

이 세상 다하는 날까지 나 그애를 잊지 못하리라!

그녀가 두 눈을 아래로 내리뜨는 모습,   2615

여기 내 가슴속에 깊이 새겨졌도다.

그애가 쌀쌀맞게 구는 태도는,

정말로 황홀해질 지경이로다!

---

* 프로일라인(Fräulein)이란 호칭은 괴테 시대에는 귀족계급의 처녀를 가리켰음. 시민계급의 처녀는 융프라우(Jungfrau)라고 함.

(메피스토펠레스, 등장한다.)

파우스트

여보게, 저 계집을 내게 안겨주게나!

메피스토펠레스

어떤 계집을요?

파우스트

       방금 이곳을 지나갔다.   2620

메피스토펠레스

저애요? 저 아이는 신부한테 갔다가,

모든 죄를 용서받고 돌아오는 길이지요.

내가 고해석 바로 옆을 슬쩍 지나가보았소이다.

저 아이는 너무나도 순진해서,

아무 죄도 없으면서 고해하러 갈 정도지요.   2625

저런 아이한테는 내 힘도 맥을 못 춘다오!

파우스트

그래도 열네 살은* 넘었을 테지.

메피스토펠레스

당신도 오입대장 한스처럼** 말씀하시는군요.

그자는 사랑스런 꽃이라면 모두 다 가져보길 갈망하며,

---

* 당시 열네 살 미만 소녀와의 결혼이나 육체적 관계는 법으로 금지되어 있었음. 이로써 그레첸이 합법적으로 성년이 되고 성적으로도 성숙했음을 말하지만, 파우스트는 결혼이 아니라 유혹하는 것을 염두에 두고 있음.

** 한스 리더리히(Hans Liederlich)는 방종한 인간으로 바람둥이의 대명사.

자기가 꺾을 수 없는 명예나 사랑이란   2630

있을 수 없노라고 생각하는 놈이죠.

그러나 무엇이든 언제나 가능한 것은 아니올시다.

파우스트

내 친애하는 도덕가 선생이시여,*

그런 도덕 율법으로 날 괴롭히지는 말게!

그리고 한마디로 잘라 말해두겠는데,   2635

만일 저 달콤한 젊은 계집이

오늘밤 내 품안에서 잠들지 않을 경우엔,

밤중에는 우린 헤어질 줄 알아라.

메피스토펠레스

생각해보시오. 되는 일, 안 되는 일이 있는 거요!

오로지 기회만 염탐해내는 데도   2640

최소한 두 주일의 시간이 필요합니다.

파우스트

내게 일곱 시간의 여유만 있다면,

저런 계집애쯤 하나 유인해내는 데,

악마의 힘을 빌릴 필요가 없을 것이다.

메피스토펠레스

당신은 벌써 프랑스 놈처럼** 말씀하시는구려.   2645

하지만 부탁하건대, 그렇게 화내지는 마십시오.

---

* 옹졸한 학자에 대한 조소적 표현.

** 프랑스인들은 특히 기발하고 교활한 연인으로 통하고 있음.

그렇게 다짜고짜 즐기는 게 뭐가 그리 좋겠소?

우선 이리저리 주물럭거리고,

오만 가지 장난을 치다가,

예쁜 인형으로 반죽하여 제대로 요리하는 것이,   2650

훨씬 더 재미가 있을 것이외다.

남쪽나라 이야기들이 숱하게 가르쳐주는 것처럼 말이오.

파우스트

그런 짓 하지 않아도 난 식욕이 왕성하다.

메피스토펠레스

이제 험구와 농담은 그만두도록 합시다.

말씀드리건대, 저 예쁜 계집아이는   2655

단번에 되지는 않소이다.

폭풍처럼 덤벼들어서는 아무것도 얻지 못할 테니,

우리 참으면서 계책을 꾸며야만 할 겁니다.

파우스트

저 귀여운 천사의 물건을 무엇이라도 가져다다오!

그녀의 안식처로 나를 데려다다오!   2660

그녀의 가슴에 걸었던 목도리라도 좋고,

양말 끈이라도, 내 사랑의 쾌락을 위해 가져다다오!

메피스토펠레스

괴로워하는 당신에게 내가 힘이 되고,

기꺼이 돕고 있다는 것을 보여드리기 위해,

잠시라도 시간을 지체하지 않고,   2665

오늘 당장 당신을 그애 방으로 안내하리다.

파우스트

그앨 만나게 될까? 가질 수 있을까?

메피스토펠레스

안 됩니다!

그 아이는 이웃 여인의 집에 가 있을 것이오.

그러는 동안 당신은 홀로

미래의 즐거움에 대한 온갖 희망을 꿈꾸며,   2670

그녀의 그윽한 향기를 마음껏 즐길 수 있을 것이오.

파우스트

지금 갈 수 있겠나?

메피스토펠레스

아직 너무 이릅니다.

파우스트

그 아이에게 줄 선물을 하나 준비토록 하라!

(파우스트, 퇴장한다.)

메피스토펠레스

당장에 선물이라? 잘됐군! 그럼 성공하리라!

나는 훌륭한 장소도 여러 군데 알고 있고,   2675

옛날에 묻어둔 보화들도* 많이 알고 있지.

어디 조사를 좀 해보아야겠군. (퇴장한다.)

---

* 땅 속에 묻힌 재보는 모두 악마의 지배하에 있다는 설이 전해오고 있음.

저녁

자그마하고 깨끗한 방.[*]

마가레테 (머리를 땋아 묶으면서)

오늘 그분이 누구인지 알 수만 있다면,

나는 무엇이든 기꺼이 내놓겠는데!

그분은 정말로 늠름해 보였고,   2680

훌륭한 가문 출신 같았어.

그런 것이야 이마를 보고 알 수 있거든—

그렇지 않고서야 그렇게 대담하진 못했을 거야. (퇴장)

(메피스토펠레스와 파우스트, 등장한다.)

메피스토펠레스

들어와요. 아주 조용히, 자 들어와요!

파우스트 (잠시 침묵을 지키다가)

제발 부탁하는데, 날 혼자 있게 해다오!   2685

메피스토펠레스 (주위를 두루 살피며)

처녀라고 모두 이렇게 깨끗하게 해놓는 건 아니올시다. (퇴장)

파우스트 (주위를 둘러보며)

반갑구나, 달콤한 저녁놀이여,

너 이 성스런 전당을 가득 채워주고 있구나!

희망의 이슬을 먹으며 애타게 살아가고 있는,

---

[*] 소시민적으로 소박하게 생활하는 그레첸이 정신적 육체적으로도 순수하다는 점을 그녀의 작고 깨끗한 방을 통해 상징적으로 보여주는 것임.

너 달콤한 사랑의 고통이여, 내 마음을 사로잡아다오! 2690

이 주위에는 고요함의 감정이,

질서와 만족의 감정이 호흡하고 있구나!

이 가난함 속에 얼마나 충만함이 깃들어 있는가!

이 감옥 같은 곳에 얼마나 축복이 가득 차 있는가!

(침대 옆에 있는 가죽의자에 몸을 던진다.)

오오, 나를 받아들여다오! 너는 그애의 조상들을 이미 2695

즐거울 때나 괴로울 때나 팔을 벌려 맞아주었으리라!

아아! 이 집안 어른들 자리를 둘러싸고,

아이들의 무리가 얼마나 자주 매달리곤 했을까?

내 사랑하는 그 아이도 여기에서 통통하게 어린 뺨으로,

성탄절 선물에 감사를 드리고자, 경건하게 2700

할아버지의 시든 손에 키스를 하였으리라.

아아, 귀여운 소녀여, 그대의 충만함과 질서의 정신이

내 주위에서 살랑거리고 있음을 나 느끼노라.

그 정신이 어머니처럼 매일 그대를 가르치며,

식탁 위에는 깨끗이 보를 깔게 하고, 2705

발밑에는 모래를* 곱게 뿌리도록 하였으리라.

오오, 사랑스러운 그 손길! 마치 신의 손과도 같구나!

이 오막살이도 그대로 인해 천국이 되는구나.

그리고 이곳은! (침대 둘레의 커튼을 들어올린다.)

---

* 독일 시민의 가정에서는 거실 바닥을 깨끗이 하기 위해 하얀 모래를 뿌리는 풍습이 있었음.

환희의 전율이 날 사로잡는구나!
나는 몇 시간이고 여기에 머물고 싶도다.   2710
자연이여! 그대는 여기에서 가벼운 꿈을 꾸며,
타고난 천사를 만들어낸 것이로다!
그 어린아이는 따스한 생명으로
달콤한 가슴을 가득 채운 채, 여기에 누워 있었으며,
그리고 여기에서 성스럽고 순수한 힘이 작용하여   2715
그 신적인 모습이 이루어진 것이로다!

그런데 너는! 무엇이 널 이곳으로 이끌어왔단 말이냐?
나, 얼마나 마음속 깊이 감동을 받고 있단 말인가!
넌 여기서 뭘 원하느냐? 어찌하여 가슴이 이렇게 답답해지는가?
가련한 파우스트여! 난 너를 더이상 알아보지도 못하겠구나.   2720

여기에서 마술의 향기가 날 에워싸고 있단 말인가?
난 향락하고자 하는 충동만을 지니고 있었는데,
이젠 사랑의 꿈속으로 흘러들어가는 느낌이로다!
우리는 대기의 압력에 희롱당하는 노리개란 말인가?

그런데 그녀가 이 순간 들어오기라도 한다면,   2725
너는 이 무례한 짓을 어떻게 속죄하겠는가!
위대한 오입대장이, 아아, 이렇게도 소심해지다니!
녹아서 없어질 듯, 그녀의 발밑에 엎드릴 것 같구나.

메피스토펠레스

서둘러요! 저 아래 그애가 오는 게 보입니다.

파우스트

가자! 어서 가자! 난 결코 다시 돌아오지 않으리라!　　　　2730

메피스토펠레스

여기 제법 묵직한 조그만 상자가 있는데,

이건 다른 어떤 곳에서 가져온 것이외다.

이걸 여기 이 장롱 안에 그냥 넣어두시오.

맹세컨대, 그 계집애 정신이 아찔할 것이외다.

그 속에다 예쁜 장신구들을 넣어두었는데,　　　　2735

그건 다른 하나를 얻기 위해서지요.

아무튼 계집은 계집이고, 놀이는 놀이니까요.

파우스트

모르겠구나, 그래도 될까?*

메피스토펠레스

　　　　　　　웬 말이 그리도 많소?

이 보물을 당신이 그대로 간직하고 싶은 것이오?

그렇다면 충고하건대, 그런 방탕한 짓일랑 집어치우고,　　　　2740

그 귀중하고 값진 시간을 허비하지 말고,

앞으론 내게도 이런 고생을 시키지 말아주시오.

난 당신이 너무 인색하길 바라진 않소이다.

---

* 그레첸의 순결에 감동하여 파우스트는 그녀를 유혹하려는 것을 주저함.

나는 머리를 짜내고, 손을 비벼대며 전력을 다하고 있소—

(그 작은 상자를 장롱 안에 넣고 다시 자물쇠를 잠근다.)

자, 떠납시다! 빨리요!—   2745

저 달콤하고 젊은 계집애가

당신 마음의 소망과 뜻에 응해주길 위해서올시다.

그런데 당신의 표정은

마치 강의실에라도 들어가야 하는 것 같고,

물리학이나 형이상학이   2750

당신 앞에 회색 형상으로 서 있는 것 같소이다!

자, 갑시다! (퇴장한다.)

마가레테 (등불을 들고)

여긴 왜 이리 무덥고 답답할까.

(창문을 열어젖힌다.)

그런데 바깥은 지금 그리 덥지도 않은데.

웬일인지 모르겠지만, 내 기분이 그런가봐—   2755

어머니라도 집으로 돌아오시면 좋으련만.

온몸에 소름이 끼치는구나—

난 정말 바보같이 겁 많은 계집애인가봐!

(옷을 벗으면서 노래하기 시작한다.)

옛날 툴레에 어떤 임금님 계셨는데,*

---

* 이 노래는 『파우스트』와 관계없이 1774년에 생겨남. 툴레는 북방 어딘가에 있는 섬. 그레첸은 학식이 별로 없는 소시민이기에 자신의 언어를 통해서가 아니라 이런 정형화된

무덤에 이르도록 약속을 지키셨네.   2760
사랑하는 왕비님 세상을 떠나시며,
임에게 황금술잔 하나 남겨주셨네.

이보다 더 소중한 것 있을 수 없어,
향연 때마다 그 잔을 비우시니,
임금님 두 눈에 눈물을 머금으며,   2765
마시고 또 마시며 못 잊어하시었네.

마침내 임금님도 가실 날 다다르니,
나라 안의 도시들을 모조리 헤아리어,
세자에게 모든 걸 상속해주었지만,
그 술잔 하나만은 물려주지 않으셨네.   2770

마지막 어연(御宴)에서 임금님 좌정하니,
기사들 모여와서 주위에 둘러앉았네.
저기 바닷가 성벽 위에 자리잡은,
선조 대대 내려오는 드높은 대청에서.

그때에 늙은 주객 서서히 일어서서,   2775
마지막 생명 불태울 그 잔을 비우시고,

노래를 통해 자신의 감정을 표현함.

이윽고 성스런 잔을 높이 들어
저 아래 바닷물 속으로 내던지셨네.

아래로 떨어져서 물에 잠기며,
바다 속 깊이 가라앉는 잔을 보시며,   2780
임금님 두 눈을 스르르 감으시고,
그 이후 한 방울도 마시지 않으셨네.

(옷을 정돈하려고 장롱을 열고는 작은 보석상자를 발견한다.)

이런 예쁜 상자가 어떻게 여기 들어와 있을까?
나는 틀림없이 장롱을 잠가놓았는데.
참 이상도 해라! 이 안에 뭐가 들었을까?   2785
아마 누군가가 저당물로 가져오고,
어머니께서 돈을 빌려주었는지도 몰라.
여기 이 끈에 열쇠까지 달려 있네.
나 이거 한번 열어볼까봐!
이게 뭐야? 아이고머니나! 이것 좀 봐!   2790
이런 건 내 생전 처음 보겠네!
패물이야! 이런 것이라면 어떤 귀부인이라도
최고의 축제일에 달고 나갈 수 있을 거야.
이 목걸이가 내게도 어울릴까?
이 값지고 귀한 것들이 대체 누구의 것일까?   2795

(마가레테, 그것으로 몸을 치장하고 거울 앞으로 간다.)
이 귀걸이 하나만이라도 내 것이라면 좋으련만!
이걸 다니 금방 아주 다른 사람처럼 보이는구나.
젊다는 것이나 예쁘다는 게 무슨 소용 있겠어?
그런 것도 다 좋기야 하겠고,
사람들도 그것이 전부라고들 말하곤 하지만,   2800
반쯤은 측은한 마음에서 칭찬해주는 거야.
그렇지만 모두가 황금을 향해 달려들고,
황금에만 매달려 있으니,
아아, 우리같이 가난한 것들 불쌍키도 하지!

산책길

파우스트, 생각에 잠겨 이리저리 거닐고 있다.
메피스토펠레스가 그에게로 다가온다.

메피스토펠레스

사랑하다 퇴짜나 맞아라! 지옥 불길에나 떨어져라!   2805
이보다 더 지독하게 저주할 말이 있었으면 좋겠구나!

파우스트

무슨 일이냐? 무엇이 그토록 너를 화나게 한단 말이냐?
내 평생 그렇게 험상궂은 얼굴 표정을 본 적이 없구나!

메피스토펠레스

    나 자신이 악마만 아니라면,

    나 자신을 당장 악마에게 넘겨주고 싶소이다!   2810

파우스트

    네 머리통 속에 무엇이 고장이라도 났단 말이냐?

    미친놈처럼 발광하는 꼴이 네게 잘도 어울리는구나!

메피스토펠레스

    생각해보시오, 그레첸을 위해 마련한 보석을요.

    그걸 신부란 놈이 낚아채갔단 말이오! ─

    그애 어미가 그 물건을 보고서는,   2815

    당장에 두려운 생각을 하기 시작했소이다.

    그 여편네는 후각이 아주 예민한데다가,

    기도서에도 정탐하듯 늘 코를 쿵쿵대고 있으며,

    가구란 가구는 모조리 냄새를 맡아보고,

    그것이 정(淨)한지 부정한지를 가려내고 있지요.   2820

    그러니깐 그 보석들을 보고서, 거기엔

    축성이 별로 깃들지 않았다는 걸 분명히 알아챘지요.

    어미가 말하기를, 애야, 부정한 재물이란

    영혼을 사로잡고 우리의 피를 잠식하느니라.

    우리 이것을 성모님께 바치기로 하자꾸나.   2825

    그러면 하늘의 양식으로 우릴 기쁘게 해주시리라!

    마가레테는 입을 뾰족이 내밀고 생각했지요.

    이건 그냥 선물받은 말(馬)일* 따름인데.

정말이지, 여기에 이런 물건을 갖다놓은 분은

절대로 신을 저버리진 않으셨을 거야!　　　　　　　　　2830

그렇지만 어미가 신부놈을 불러왔지요.

그놈은 채 이야기를 다 듣기도 전에

그 물건을 보고 홀딱 반해버렸단 말이오.

놈이 하는 말인즉, 참으로 잘 생각하셨습니다!

극기(克己)하는 사람, 얻는 것도 많습니다.　　　　　　　2835

교회는 튼튼한 위장을 가졌으니,

온 나라를 집어삼키고서도,

아직 한 번도 체해본 적이 없습니다.

사랑하는 여인들이여, 오로지 교회만이

부정한 재물을 소화할 수 있을 것입니다.　　　　　　　2840

파우스트

그건 일반적으로 통하는 관습이다.

유대인이나 임금님도 그럴 수 있거든.

메피스토펠레스

그리고 나서 놈은 팔찌며 목걸이며 반지들을,

아무 가치도 없는 물건들처럼 쑤셔넣고는,

호두를 한 바구니 가득 얻었을 때보다,　　　　　　　　2845

더하지도 덜하지도 않은 감사의 인사를 남긴 채,

온갖 하늘나라에서의 보답만을 약속했소이다 ―

* 이는 '선물받은 말은 그 입 안을 들여다보지 않는다'는 속담에서 나온 말로, 선물받은 것은 그 가치를 따지지 않는다는 뜻임.

그런데도 그 계집들은 아주 감격해하고 있단 말이오.

파우스트

그런데 그레첸은?

메피스토펠레스

마음을 잡지 못하고 앉아서는,

무엇을 하고 싶은지, 무엇을 해야 할는지를 모르고,　　　2850

밤이나 낮이나 그 보석들만 생각하고 있는데,

그보다는 그걸 가져온 사람을 더욱 간절히 생각하더이다.

파우스트

그 사랑스런 애가 고통을 겪다니 마음이 아프구나.

당장 그녀에게 줄 새로운 보석들을 마련토록 하라!

먼저 것은 별로 대단치도 않았었다.　　　2855

메피스토펠레스

오, 그렇지요. 당신껜 모두 어린애 장난일 테니까요!

파우스트

자, 서둘러라, 모든 걸 내 뜻대로 하도록 하라!

그리고 넌 이웃집 여인에게 달라붙어봐라!

이 악마야, 그렇게 죽처럼 머무적거리지 말고,

보물을 새로 마련해오란 말이다!　　　2860

메피스토펠레스

네, 주인나리, 기꺼이 그렇게 하겠소이다.

파우스트 (퇴장한다.)

메피스토펠레스

저렇게 사랑에 빠진 바보놈은

해와 달과 온갖 별들까지도,

연인의 기쁨을 위해서라면 공중으로 폭발시켜버리리라.

(퇴장)

이웃 여인의 집

마르테 (혼자서)

하나님, 사랑하는 그 양반을 용서해주옵소서.   2865

그이가 내게 별로 잘해준 것도 없었지만요!

무작정 세상으로 달려나가서는,

나를 이렇게 생과부로 홀로 남겨놓았지요.

하지만 나는 진정 그 양반을 화나게 한 적도 없었고,

그일 진심으로 사랑한다는 걸, 하나님만은 아실 거야.   2870

(마르테, 운다.)

혹 그이가 죽었을는지도 몰라! — 아이고, 원통해라! —

사망증명서만이라도* 받을 수 있다면 좋을 텐데!

(마가레테가 온다.)

---

* 남편이 사망했다는 것이 증명되어야만, 다시 처녀가 되어 재혼할 수 있음.

마가레테

　마르테 아주머니!

마르테

　　　　　　　그레첸이로구나, 웬일이냐?

마가레테

　전 너무나 놀라서 주저앉을 뻔했어요!

　글쎄, 흑단(黑檀)나무로 만든 이런 보석상자가　　　　　2875

　제 장롱 안에 또 들어 있지 않겠어요.

　이 안에 든 물건들도 정말로 화려하고,

　먼젓번 것보다도 훨씬 더 많아요.

마르테

　그건 어머니께 말씀드리지 말도록 해라.

　그랬다간 곧장 고해할 때 또 가져가실 거야.　　　　　2880

마가레테

　아아, 이걸 좀 보세요! 이것 좀 보세요!

마르테 (마가레테를 단장해준다.)

　오오, 넌 정말 복도 많은 아이로구나!

마가레테

　하지만 이렇게 꾸미고선 거리에도 못 나가고,

　교회에도 나갈 수 없으니 슬픈 일이에요.

마르테

　그럼 가끔 우리 집으로 건너와서는,　　　　　　　2885

　여기서 몰래 이 보석들로 치장해보려무나.

한 시간쯤 거울 앞을 왔다갔다하면서,

우리 함께 기뻐해보자꾸나.

그러다가 기회가 있을 때, 축제일과 같은 때,

차츰차츰 사람들 눈에 띄게 하면 될 거야.   2890

처음에는 목걸이를, 다음에는 귀에다 진주를 다는 거야.

어머니가 눈치채지도 못하겠지만, 뭐 둘러댈 수도 있을 거야.

마가레테

누가 이런 상자를 두 개씩이나 가져왔을까요?

아무래도 심상치가 않은 일이에요!

(문을 노크하는 소리가 들린다.)

아이고머니나! 어머님이 오셨나?   2895

마르테 (커튼 사이로 밖을 내다보며)

처음 보는 분인데― 들어오세요!

(메피스토펠레스가 등장한다.)

메피스토펠레스

이렇게 함부로 불쑥 들어와서,

부인네들께 용서를 빌어야겠습니다.

(마가레테 앞에 공손히 경의를 표하고 뒤로 물러선다.)

마르테 슈베르틀라인 부인을 뵙고자 합니다만!

마르테

저예요, 무슨 일이신가요?   2900

메피스토펠레스 (마르테에게 낮은 소리로)

이제 이렇게 뵙게 되었으니, 전 그것으로 족합니다.

아주 귀한 손님이 와 계시는군요.

함부로 들어온 무례를 용서하십시오.

오후에 다시 오겠습니다.

마르테 (큰 소리로)

들어봐라, 얘야, 원 세상에! 2905

이분이 너를 글쎄 귀한 집 아가씨로 생각하시는구나.

마가레테

전 가난한 집 계집아이예요.

아이, 참! 신사분께선 너무나 착하시군요.

이 보석과 패물은 제 것이 아니에요.

메피스토펠레스

아아, 보석만 보고 드린 말씀이 아닙니다. 2910

인품도 그렇고 눈초리도 아주 명민하시지요!

제가 여기 있어도 좋다 하시니, 정말 기쁩니다.

마르테

대체 무슨 일로 오셨나요? 몹시 궁금하군요—

메피스토펠레스

좀더 기쁜 소식이라면 좋았을 텐데!

그렇다고 나를 원망하지는 마시기 바랍니다. 2915

댁의 남편이 세상을 떠났는데, 소식을 전해달라 했습니다.

마르테

돌아가셨다고요? 그 착한 양반이! 아이고 원통해라!

그이가 돌아가시다니! 아이고, 난 못 살아!

마가레테

아, 아주머니, 너무 낙심하지 마세요!

메피스토펠레스

그럼 그 슬픈 이야기를 들어보시지요!   2920

마가레테

그래서 전 평생 사랑 같은 건 하고 싶지 않아요.

그이를 잃는다면 정말 죽을 지경으로 슬퍼질 테니까요.

메피스토펠레스

기쁨에는 슬픔이, 슬픔에는 기쁨이 따르게 마련이오.

마르테

우리 집 주인의 마지막 이야기나 들려주세요!

메피스토펠레스

그는 파도바에* 매장되어 있는데,   2925

성(聖) 안토니우스** 묘지이지요.

잘 축성된 묘소로서

영원토록 시원한 안식처로 적합한 곳이지요.

─────────────

* 이탈리아의 도시 이름으로, 마르테로서는 확인할 수 없는 곳임.
** 1195~1231년에 살았던 '동물의 성인'이라 불린 성자로 물고기까지도 그의 설교를 들었다고 함. 파도바의 사원묘지에 그의 유골이 안치되었음.

마르테

    그 밖에는 내게 아무것도 전해줄 것이 없나요?

메피스토펠레스

    있지요, 대단하고도 어려운 청을 하더군요.   2930

    그 사람을 위해 미사를 삼백 번이나 올려달라는 것입니다!

    그 다음으론 내 주머니가 텅텅 비었다는 것이고요.

마르테

    뭐라고요! 동전 하나, 패물 한 개도 없단 말인가요?

    그런 것은 수공업 도제들까지도 전대 밑바닥에 넣어놓고,

    기념품으로 잘 간직하면서,   2935

    굶주리거나 구걸질을 할망정 내놓지 않는 법인데!

메피스토펠레스

    부인, 정말로 안됐습니다.

    그렇다고 그가 혼자서 돈을 낭비한 것도 아니올시다.

    그 사람도 자기 잘못을 몹시 후회하고 있었고,

    그래, 그보다는 자기 불행을 더욱 한탄하곤 했소이다.   2940

마가레테

    아아! 인간이란 왜 이다지도 불행한 것일까요!

    그래요, 전 그분을 위해 몇 번이고 진혼미사를 올리겠어요.

메피스토펠레스

    그대는 곧 결혼을 해도 될 것 같군요.

    정말로 사랑스러운 아가씨로군요.

마가레테

　　아, 아니에요, 아직 그럴 처지가 아니에요.　　　　　　　　　2945

메피스토펠레스

　　남편이 아니라면, 얼마 동안 연인이라도 좋지요.

　　사랑하는 사람을 품에 안게 된다는 것은,

　　하늘이 내려준 가장 큰 은혜 중의 하나랍니다.

마가레테

　　그런 것은 이 고장 풍습이 아니에요.

메피스토펠레스

　　풍습이건 아니건! 그럴 수도 있는 법이라오!　　　　　　　　　2950

마르테

　　그 이야길 더 해주세요!

메피스토펠레스

　　　　　　　　　　　　　난 그가 임종하는 자리에 있었는데,

　　그것은 거름 더미보다는 좀 낫다고 하겠지만,

　　반쯤 썩은 거적* 위였지요. 기독교 신자로 죽긴 했으나,**

　　아직 갚아야 할 술빚이 많다는 걸 알고 있더이다.

　　이렇게 말하더군요. "내가 하던 사업도 내 아내도　　　　　　2955

　　이렇게 버리고 가다니, 나 자신이 온통 저주스럽구나!

　　아아, 그런 생각을 하니 죽을 지경이로다.

　　이 세상에 살아 있는 동안 아내가 날 용서해주기만 한다면!"

---

* 예전에 가난한 사람들은 짚을 채워 만든 거적 같은 매트리스 위에서 잠을 잤음.

** 기독교 의식에 따라 고해를 하고 종유(終油)를 마치고 죽었다는 뜻.

마르테 (울면서)

그 착한 양반! 난 오래 전에 그를 용서했는데.

메피스토펠레스

"하나님만 알겠지! 나보단 아내가 잘못이 더 많았어." 2960

마르테

그건 거짓말이오! 뭐라고! 무덤가에서조차 거짓말을 하다니!

메피스토펠레스

내가 잘 알지는 못한다 할지라도,

그는 마지막 숨을 거두면서 헛소리를 한 것일 게요.

이렇게도 말하더이다. "난 잠시도 한가하게 지낸 적이 없어.

자식들이 생기고, 다음엔 그것들을 위해 빵을 벌어야 했는데, 2965

그것도 아주 넓은 의미에서의 빵을 말이오.

그런데 난 편안하게 내 몫을 먹어본 적이 한 번도 없었어."

마르테

그렇게 정성을 바치고, 온갖 사랑을 다 바치면서,

밤낮으로 갖은 고생을 했는데도 다 잊었단 말이군요!

메피스토펠레스

아니지요. 그 점은 진정으로 생각하고 있더이다. 2970

이렇게 말하던데요. "말타 섬을 떠나올 때 나는,

아내와 자식들을 위해 열심히 기도를 올렸었어.

그래서 그런지 하늘도 무심치 않아,

우리의 배가 터키 배를* 하나 나포하였는데,

그 배는 위대한 터키 황제의 보화를 잔뜩 싣고 있었지. 2975

그때에 용맹스런 싸움에 보답이 주어져서,

나도 내게 타당한 만큼의

내 몫을 톡톡히 배당받게 되었어."

마르테

그걸 어쨌죠? 어디 됐나요? 혹시 묻어두었을까요?

메피스토펠레스

누가 알겠소, 바람이 불어 사방 어디로 날아갔는지.　　　　　2980

그 사람이 낯선 나폴리를 이리저리 돌아다닐 때,

어느 예쁜 아가씨가** 그를 받아들였던 것이지요.

그 여자가 온갖 사랑과 정성을 다해 그를 보살펴주니,

죽어가는 마지막 순간까지 그걸 잊지 못하더이다.

마르테

악당 같으니라고! 자식들 몫까지 훔친 도둑이에요!　　　　　2985

아무리 비참하고 아무리 궁하다 할지라도,

그 치욕스런 생활태도를 버리지 못한 거예요!

메피스토펠레스

그러니 보시오! 그 대가로 이제 그는 죽었소이다.

지금 내가 만일 당신의 처지에 있다면,

그 사람을 위해 일 년쯤 얌전하게 상복을 입고 있다가,　　　　　2990

기회를 보아 서서히 새 서방을 하나 물색해보겠소이다.

---

* 18세기경까지 터키 해적이 약탈을 자행한 데 대항하여 기독교도의 배도 가끔 터키 배를 습격하였음.

** 매춘부를 의미함.

마르테

무슨 그런 말씀을! 하지만 첫 남편과 같은,

그런 사람을 이 세상에서 쉽사리 만나진 못할 거예요!

그런 마음씨 착한 바보 같은 양반이 어디 있겠어요.

그저 너무 떠돌아다니기를 좋아하고,   2995

남의 계집이나 낯선 지방의 술, 그리고

그 망할 놈의 노름을 너무 좋아하는 게 탈이었어요.

메피스토펠레스

그렇지, 그렇지요, 당신 남편 쪽에서도

대략 그만큼 당신을 관대히 봐주었다면,

그럭저럭 서로 맞아들어간 셈이올시다.   3000

맹세코 말하건대, 그러한 조건이라면

나라도 한번 당신과 반지를 교환하고 싶소이다!

마르테

아이고, 선생께선 농담도 좋아하시네요!

메피스토펠레스 (혼잣말로)

이제 때를 봐서 도망쳐야겠구나!

이 계집은 악마의 말꼬리도 붙잡고 늘어지게 생겼단 말이야.   3005

(그레첸에게) 아가씨 심정은 대체 어떠한가요?

마가레테

그게 무슨 말씀이세요?

메피스토펠레스 (혼잣말로)

착하고 순진한 아이로구나!

(큰 소리로)

안녕히들 계시오!

마가레테

안녕히 가세요!

마르테

잠깐, 한마디만 해주세요!

제 남편이 언제 어디서 어떻게 죽어 매장되어 있는지,

그 증명서라도 하나 받고 싶은데요.   3010

저는 예전부터 일을 정확하게 해두는 것을 좋아해서,

주보(週報)에서라도* 그이가 죽었다는 걸 읽었으면 해서요.

메피스토펠레스

네, 부인, 증인 두 사람의 입을 통해서라면,

어디에서나 그 사실이 증명되는 법입니다.

내게 아주 좋은 친구가 한 사람 있으니,   3015

당신을 위해 그를 재판관 앞에 세우기로 하지요.

그를 이리로 데려오겠소이다.

마르테

오, 그렇게 해주세요!

메피스토펠레스

그런데, 이 아가씨도 여기에 있겠지요?

아주 훌륭한 총각이죠! 여행도 많이 했고,

---

* 1700년대부터 발행되던 주간지로서 교회의 기록부도 요약되어 게재됨.

아가씨들에 대한 예절도 아주 바르답니다.

마가레테

그런 분 앞에선 전 얼굴이 빨개지고 말 거예요.

메피스토펠레스

세상 어떤 임금님 앞에서도 그럴 필요 없습니다.

마르테

그럼 우리 집 뒤 정원에서

오늘 저녁에 두 분을 기다리겠어요.

길거리

파우스트, 메피스토펠레스

파우스트

어떻게 됐나? 잘되겠지? 곧 어떻게 될 것 같은가?

메피스토펠레스

아, 됐소이다. 당신 불덩이같이 달아오르는군요?

얼마 안 가서 그레첸은 당신 것이 될 것이외다.

오늘 저녁 이웃 여인 마르테 집에서 만나게 될 것이오.

그 계집은 뚜쟁이질이나 온갖 검은 짓거리에는

애초부터 아주 타고난 것 같더이다!

파우스트

잘됐구나!

메피스토펠레스

하지만 우리에게도 바라는 게 있더이다.

파우스트

한 가지 일을 해준다면, 그 대가를 받는 게 당연하겠지.

메피스토펠레스

우린 다만 그녀 남편의 죽어 자빠진 육신이

파도바의 성스러운 묘소에 잠들어 있다는 걸,

법적으로 유효한 증언만 해주면 되는 것이외다.　　　　3035

파우스트

아주 똑똑하구나! 그럼 우선 여행을 해야만 되겠군!

메피스토펠레스

고지식한 양반이로군!* 그럴 필요는 없소이다.

별로 아는 사실이 없더라도, 그냥 증언만 하면 되는 거요.

파우스트

더 좋은 방법을 생각지 못한다면, 이 계획은 취소하겠다.

메피스토펠레스

오, 성스러운 양반이여! 이제 성인이 다 됐소이다!　　　　3040

거짓 증언을 하는 것이,

당신 생전에 이번이 처음이란 말이오?

당신은 신과 세계와 그 내면에서 움직이고 있는 것,

인간과 그 인간의 머리와 가슴속에 꿈틀거리는 것에 대해,

---

* 라틴어의 Sancta Simplicitas!는 독일어로 Heilige Einfalt! 즉 '성스러운 바보' '고지식
한 성자(聖者)'라는 뜻.

자신만만하게 정의(定義)를 내린 적이 없었던가요?   3045
그것도 뻔뻔스런 얼굴과 오만한 가슴을 내밀고 말이오?
하지만 당신이 자신의 내면을 자세히 살펴보신다면,
그에 관해 당신은 슈베르틀라인 씨의 죽음에 대해서보다,
더 아는 게 없다는 사실을 고백하지 않을 수 없을 것이외다.

파우스트

네놈은 있는 그대로 거짓말쟁이요, 궤변가로구나.   3050

메피스토펠레스

내가 진상을 깊이 알지 못한다면 그렇겠지요.
내일이면 당신은 온갖 점잔을 부리면서도,
저 가련한 그레첸을 유혹해내려 하고,
온갖 영혼의 사랑을 맹세하지 아니하겠소?

파우스트

그것은 진정에서이다.

메피스토펠레스

       모두 다 좋소이다!   3055
그렇다면 영원한 충성이니 사랑이니 하는 것,
유일하게 어디서나 통하는 충동이니 하는 것도 —
모두 다 진정에서 우러나온 것이란 말이오?

파우스트

그만두라! 그건 진정이다! — 내가 진정으로 느끼는데,
그 감정을, 그 애절한 심정을 표현해줄   3060
이름을 찾아 헤매다 결국 아무것도 발견하지 못할 때,

온갖 심혈을 기울여 이 세상을 두루 헤매며,

모든 최고의 언어를 붙잡으려고 하다가,

내 몸을 불태우는 이 정열을

무한이라고, 영원, 영원이라고 이름한다 해서,   3065

그것이 악마들이 하는 거짓말놀이와 같단 말이냐?

메피스토펠레스

그래도 내가 옳지요!

파우스트

이봐! 이것만은 명심해라 ―

부탁하건대, 내가 너무 떠들어대지 않도록 해다오―

제가 옳다고 하려는 자가 한 가지 말만 고집한다면,

틀림없이 이기게 되겠지.   3070

자 가자, 난 쓸데없는 잡소리에 싫증이 난다.

그렇게 할 도리밖에 없으니, 네 말이 옳다고 해두자.

정원

마가레테는 파우스트의 팔을 끼고, 마르테는 메피스토펠레스와 이리저리 산책한다.

마가레테

당신이 절 아껴주시고, 제 뜻만 맞춰주신다는 걸,

전 알고 있어요. 그래서 부끄럽기만 해요.

여행을 많이 하시는 분은 마음이 넓으셔서,   3075

참고 이해해주시는 일에 익숙하신 거예요.

그렇게 경험이 많으신 분에겐 하잘것없는

제 이야기가 재미없으리란 것쯤은 저도 알고 있어요.

파우스트

당신의 눈초리, 당신의 말 한마디가

이 세상 어느 지혜보다도 즐겁답니다. 3080

(그녀의 손에 키스한다.)

마가레테

억지로 그러지 마세요! 어찌 키스까지 하시나요?

손이 이렇게 추하고, 이렇게 거친걸요!

전 일이라면 무엇이든 하지 않을 수 없었어요!

어머니가 너무나 엄격하시거든요.

(지나간다.)

마르테

그런데 당신은 언제나 그렇게 떠돌아다니시나요? 3085

메피스토펠레스

글쎄 말이오. 직업과 의무가 우릴 몰아대니까요!

마음이 아프게 떠나온 고장도 많았지만,

아무튼 그냥 한 곳에 머물러 있을 수는 없답니다!

마르테

젊은 시절에는 그렁저렁 자유로이,

세상을 두루 떠돌아다니는 것도 좋을 거예요. 3090

그러나 차츰 그러지도 못할 나이가 되어서,

홀아비 신세로 혼자 질질 발을 끌며 무덤을 향한다는 건,

누구에게나 마음 내키지 않는 일일 거예요.

메피스토펠레스

멀리서부터 그런 꼴이 보이니 무시무시하군요.

마르테

그러니 당신도 일찌감치 잘 생각해보세요.   3095

(두 사람, 지나간다.)

마가레테

그래요, 눈에 안 보이면, 생각도 멀어지는 거예요!*

당신은 예절바른 태도가 몸에 배었어요.

당신에겐 친구분들도 많을 텐데,

모두가 저보다는 훨씬 훌륭하시겠죠.

파우스트

오, 사랑하는 아가씨! 그렇게 훌륭하다고 하는 데는,   3100

오히려 허영심과 경솔함이 더 많을 수도 있답니다.

마가레테

                                    뭐라고요?

파우스트

아아, 이렇게 소박하고 천진난만한 성품은 결코,

자기 자신과 자신의 성스러운 가치를 인식하지 못하는구나!

겸손이나 자신을 낮춘다는 것이 자애롭게 나누는 자연의

---

* 눈에서 멀어지면 마음에서도 멀어진다는 속담의 변형.

가장 고귀한 은혜라는 것을 — 3105

마가레테

한순간만이라도 저를 생각해주세요.

저는 당신을 생각할 시간이 얼마든지 많을 거예요.

파우스트

당신은 혼자 있을 때가 많은 모양이지요?

마가레테

그래요, 우리 집 살림이야 보잘것없지만,

그래도 잘 보살펴주어야만 한답니다. 3110

하녀가 없어서, 제가 요리하고, 청소도 하고, 뜨개질이나

바느질을 하며, 새벽부터 밤늦게까지 뛰어다녀야만 해요.

그런데다 우리 어머니는 모든 일에

너무나 꼼꼼하세요!

그렇다고 너무 그렇게 아끼면서 살 필요는 없는데도요. 3115

다른 사람들보다는 훨씬 풍족하게 살 수도 있어요.

돌아가신 아버지께서 상당한 재산과 조그만 집,

그리고 교외에 자그마한 채마밭도 하나 남겨주셨거든요.

그렇지만 저는 요즈음 아주 한가한 날들을 보내고 있어요.

저의 오빠는 군(軍)에 나가시고, 3120

어린 여동생은 죽었거든요.

전 그애 때문에 즐거운 고생도 많이 했어요,

하지만 그런 고생이라면 다시 한번 해보고 싶어요.

그 아이는 정말 귀여웠어요.

파우스트

당신 닮았다면, 천사 같았겠군요.

마가레테

제가 키웠기 때문에, 그애는 무척 저를 따랐어요.   3125

아버님이 돌아가신 다음에 태어난 아이였어요.

그 당시 어머니는 비참하게 병석에 누워 계셨는데,

우린 어머닐 잃은 것으로 생각했어요.

그후 아주 서서히, 차츰차츰 회복하셨어요.

그러니 그 가엾은 어린것에게 어머니께서   3130

젖을 먹인다는 건 생각할 수도 없는 일이었지요.

그래서 제가 혼자 우유와 물을 먹여 길렀고,

그애는 제 아이가 되어버린 거예요.

제 팔에 안기고, 제 품에 안겨서

아기는 좋아하고, 발버둥치면서 무럭무럭 자랐어요.   3135

파우스트

당신은 진정 가장 순수한 행복을 맛보았구려.

마가레테

하지만 정말 괴로운 시간도 많았어요.

밤이 되면 아기의 요람을

제 침대 옆에 갖다놓았고, 그애가 조금만 움직여도,

저는 잠에서 깨어나곤 했어요.   3140

우유를 먹이기도 하고, 제 곁에 눕히기도 하고,

그래도 울음을 그치지 않으면, 자리에서 일어나

아기를 얼러주며 춤추듯 방 안을 서성거리곤 했어요,

그래도 날이 새면 일찍부터 빨래를 해야 하고요.

다음에는 시장에 갔다가 부엌일도 하면서, 3145

오늘이나 내일이나 줄곧 그렇게 지냈어요.

그러자니 언제나 신나는 건 아니었지만,

대신에 밥맛도 좋고, 잠자는 것도 꿀맛 같았답니다.

(지나간다.)

마르테

가련한 여자들이란 그런 때에 참 곤란하지요.

홀아비의 마음을 돌려놓기란 어려운 일이거든요. 3150

메피스토펠레스

나에게 어떤 좋은 일을 가르쳐주는 것은,

오로지 당신과 같은 사람에게 달린 것 같습니다.

마르테

솔직히 말해보세요. 그래, 아직 아무도 못 찾으셨나요?

마음이 어딘가에 매여본 적이 한 번도 없었나요?

메피스토펠레스

이런 속담도 있지요. 자기 집 아궁이와 3155

착실한 아내는 황금이나 진주 같은 가치가 있다고[*] 말이오.

---

* 이는 '자기 집 아궁이는 황금의 가치가 있다(Eigner Herd ist Goldes wert)'와 '성실한 아내를 얻는 사람에겐, 그 아내가 값진 진주보다 훨씬 더 고귀하다(Wem eine tüchtige Frau beschert ist, die ist viel edler als die köstlichen Perlen)'란 두 개의 속담이 결합된 것.

마르테

제 말은 아직 한 번도 그럴 생각이 없었느냐고요!

메피스토펠레스

어디에서나 나는 제법 정중한 대접을 받았답니다.

마르테

제 이야기는 마음속에 진정을 느껴본 적이 없었느냐고요!

메피스토펠레스

감히 부인네들과 농담을 할 수는 없는 일이지요.   3160

마르테

아이고, 제 말을 못 알아들으시는군요!

메피스토펠레스

　　　　　　　　　　　　　　　진정 유감이로소이다!

하지만 잘 알고 있지요 — 당신이 매우 친절하다는 건 말이오.

(지나간다.)

파우스트

오, 귀여운 천사여, 내가 정원에 들어섰을 때,

당신은 나를 곧바로 다시 알아보았단 말인가요?

마가레테

보지 못하셨나요? 전 눈을 내리깔고 있었어요.   3165

파우스트

그럼, 내 멋대로 저지른 무례한 짓도 용서하구요?

얼마 전 당신이 성당에서 돌아올 때,

감히 내가 뻔뻔스럽게 굴었던 짓을 말이오?

마가레테

전 깜짝 놀랐어요. 그런 일은 한 번도 없었거든요,

전 누구한테서고 욕먹을 만한 짓을 한 적이 없었는데요.   3170

아아, 저분이 내 행동에서 무슨 뻔뻔스럽고

얌전치 못한 점을 보시지나 않았나? 하고 전 생각했어요.

이런 계집하고는 당장에 수작을 걸어도 되겠다는

생각이 들어 그러시는 게 아닌가 여겨졌어요.

하지만 솔직히 고백하겠어요! 저도 그때는 몰랐지만,   3175

여기 이 가슴에 당신을 좋게 여기는 마음이 싹트기 시작했어요.

한 가지 확실한 것은, 당신에게 좀더 쌀쌀맞게 굴지 못했던

저 자신에게 정말로 화가 났다는 거예요.

파우스트

요, 사랑스러운 것이!

마가레테

　　　　　잠깐만요!

(별꽃을 꺾어 그 잎을 하나하나 차례로 뜯어낸다.)

파우스트

　　　　　뭘 하지요? 꽃다발인가?

마가레테

아니, 그냥 장난이에요.

파우스트

　　　　　뭐라고?

마가레테

저리 가세요! 비웃어도 좋아요.   3180

(잎을 하나씩 뜯으며 중얼거린다.)

파우스트

무얼 중얼거리는 건가요?

마가레테 (소리를 약간 높여)

날 사랑한다 ― 사랑하지 않는다.

파우스트

정말 귀여운 천국 같은 모습이로다!

마가레테 (계속한다.)

날 사랑한다 ― 사랑하지 않는다 ― 날 사랑한다 ― 않는다 ―

(마지막 꽃잎을 뜯으면서, 자애롭게 즐거워하며)

그이는 날 사랑하신다!

파우스트

그렇소! 내 사랑, 이 꽃말을

신탁의 말씀으로 삼으시오. 그이는 당신을 사랑한다!   3185

그것이 뜻하는 바를 알겠소? 그이가 당신을 사랑하고 있소!

(마가레테의 두 손을 잡는다.)

마가레테

전 무서운 생각이 들어요.

파우스트

오오, 그렇게 떨지 말아요! 이 눈길과

이 맞잡은 손으로 하여금,

입으로 말할 수 없는 것을 말하게 해주오.   3190

내 온몸을 다 바칠 것이며, 그리고

영원해야만 할 환희를 느끼리라!

영원해야 하리라! ─ 그 종말은 절망이 되리라.

아니, 종말은 없다! 결코 종말은 없으리라!

마가레테 (파우스트의 두 손을 꼭 쥐었다가 뿌리치고 달아난다. 파우스트는

잠시 생각에 잠겨 서 있다가 그녀의 뒤를 따라간다.)

마르테 (등장하면서)

날이 저무는군요.

메피스토펠레스

그렇군, 이제 우린 떠나야겠구려.   3195

마르테

여기에 좀더 계시라고 붙잡고 싶지만,

이곳은 정말 말이 많은 곳이라서요.

이웃 사람의 일거일동을 엿보는 일 빼놓고는,

모두가 아무런 할 일도 없고,

하는 일도 하나 없는 것 같아요.   3200

그래서 어떻게 처신하든, 소문은 나게 마련이에요.

그런데 젊은 한 쌍은요?

메피스토펠레스

저쪽 길로 뛰어갔소이다.

바람난 나비들 같소!

마르테

　　　　　그분이 그애를 좋아하는 모양이에요.

메피스토펠레스

　　그녀도 그를 좋아하고요. 세상일이 다 그런 것이외다.

　　## 정자

　　마가레테, 뛰어들어와서 문 뒤에 몸을 숨긴다.

　　손가락 끝을 입술에 대고는 문틈 사이로 밖을 엿본다.

마가레테

　　그이가 오신다!

파우스트 (등장한다.)

　　　　　요, 장난꾸러기, 나를 놀리는군!　　　　　　3205

　　자, 잡았다! (그녀에게 키스한다.)

마가레테 (그를 잡고 키스하며)

　　　　　다정한 분이시여! 진정으로 당신을 사랑해요!

　　(메피스토펠레스가 문을 두드린다.)

파우스트 (발을 구르며)

　　누구야?

메피스토펠레스

　　　　　친구올시다!

파우스트

              짐승 같은 놈!

메피스토펠레스

                    작별할 시간이 되었소.

마르테 (등장하며)

    그래요, 늦었어요.

파우스트

            바래다주면 안 될까요?

마가레테

    하지만 어머니께서 절 — 안녕히 가세요!

파우스트

                       꼭 가야 한단 말인가?

    그럼 안녕히!

마르테

            안녕히들 가세요!

마가레테

                 곧 다시 만나주세요!   3210

    (파우스트와 메피스토펠레스, 퇴장한다.)

마가레테

    고맙기도 하지! 저런 분은

    하나하나 모르는 게 없으셔!

    그분 앞에 서면 그저 부끄럽기만 하고,

    무슨 일에든 네네, 라고밖에 말할 수 없어.

난 아무것도 모르는 가련한 계집애인데,   3215

왜 나 같은 걸 마음에 두시는지 모르겠어. (퇴장한다.)

숲과 동굴

파우스트 (혼자서)

고귀한 정령이여,* 내가 소망하던 바를,

당신은 내게 모두 다 베풀어주셨습니다. 불꽃 속에서

당신의 얼굴을 내게 돌려준 것도 헛된 일이 아니었습니다.

화려한 대자연을 내게 왕국으로 주셨고,   3220

그 자연을 느끼고 향유할 수 있는 힘도 주셨나이다.

싸늘하게 놀라는 방문만을 허락해주신 것이 아니라,

친구의 품속처럼 심오한 대자연의 품속을

관조해보는 은혜까지도 베풀어주셨습니다.

당신은 생명 있는 존재들의 대열을 인도하여   3225

내 앞을 지나가게 하시고, 고요한 숲과 공기와

물 속에 사는 내 형제들을 사귀게 해주셨습니다.

또한 폭풍우가 숲속에서 �솨솨 소리내어 울어대고,

거대한 가문비나무가 쓰러지며 이웃 나무의 가지들과

이웃 나무의 둥치에 스쳐 삐걱거리는 소리를 내고,   3230

---

* '밤' 장면에서 불꽃 속에 모습을 나타냈던 지령을 말함.

그 낙하 소리로 인해 구릉지가 둔탁하고 공허하게 울릴 때,

그러할 때 당신은 나를 안전한 동굴로 인도하여,

나 자신을 스스로 성찰케 하셨으니, 내 가슴속에는

은밀하고도 심오한 기적이 저절로 전개되곤 했습니다.

그리고 내 눈앞에 맑은 달빛이 떠올라   3235

마음을 달래주는 듯 흘러가면, 갖가지 층암절벽에서,

이슬을 머금은 덤불숲으로부터,

선조들의 은빛 모습들이 은은히 피어올라

성찰에 대한 강렬한 욕구를 진정시켜주었나이다.

오오, 인간에겐 완전한 것이 하나도 주어지지 않았음을   3240

나 이제 뼈저리게 느끼노라. 당신은 나로 하여금 신들에게로

가까이, 점점 더 가까이 다가가게 하는 환희에다가,

이젠 더이상 떼어버릴 수도 없는 동반자를 하나

붙여주셨는데, 그놈은 냉혹하고도 철면피하게, 당장

나로 하여금 나 자신 앞에 스스로 비굴하게 만들며,   3245

한마디 말로 당신의 은혜를 무(無)로 돌려버리고 있나이다.

그놈은 내 가슴속에 저 아름다운 모습을* 연모하는

거친 불길을 부산하게 부채질해대고 있답니다.

그리하여 나는 욕망으로부터 향락으로 비틀거리며,

또한 향락 속에서 욕망을 애타게 그리워하고 있나이다.   3250

(메피스토펠레스, 등장한다.)

---

* 이는 '마녀의 부엌' 장면에 나오는 아름다운 여인상을 말하지만, 여기서는 그레첸의
모습과 융합되어 있음.

메피스토펠레스

　그런 생활은 이제 충분히 해보지 않았소이까?

　어쩌면 그렇게 질질 끌어가며 즐길 수 있소이까?

　물론 한번쯤 시험해본다는 것은 좋겠지만,

　그 다음엔 무언가 새로운 일을 시작해야지요!

파우스트

　이 행복한 시간에 나를 괴롭히는 것보다는,　　　　　3255

　네놈에게 다른 할 일이 좀더 많았으면 좋겠구나.

메피스토펠레스

　좋소이다! 나도 당신을 그대로 놔두고 싶으니,

　그렇게 정색을 하고 말할 필요도 없소이다.

　당신처럼 무뚝뚝하고 거칠며 광기까지 있는 친구는,

　잃어버린다 해도 별로 손해볼 것이 없지요.　　　　　3260

　온종일 할 일은 얼마든지 있소이다!

　게다가 무엇을 좋아하는지, 어떤 것을 버려둬야 할는지,

　당신 눈치만 보아가지고는 알 수가 없단 말이외다.

파우스트

　그러니까 그게 네놈의 올바른 말투로구나!

　나를 따분하게 해놓고도 감사의 인사를 받으려 하다니.　　　3265

메피스토펠레스

　당신과 같은 가련한 지상의 아들이,

　내가 없었더라면 그 인생을 어떻게 살았겠소이까?

　환상의 잡동사니 속에 사로잡혀 있는 것을

얼마 동안만이라도 내가 고쳐주었지요.

그리고 만일 내가 없었더라면, 당신은 벌써 3270

이 지구상에서 사라지고 말았을 것이외다.

대체 어찌하여 당신은 이런 동굴 속, 바위틈 사이에

마치 부엉이처럼 쑤셔박혀 있는 것이오?

어째서 축축한 이끼와 물이 뚝뚝 떨어지는 바위에서,

마치 두꺼비처럼 양분을 빨아먹고 있단 말이오? 3275

참으로 훌륭하고 달콤하게 시간을 낭비하고 있소이다!

당신 몸엔 아직도 그 박사님 때가 달라붙어 있는 것이외다.

파우스트

이 황량한 곳을 방랑하는 중에, 내게

얼마나 새로운 생명력이 솟아나는지를 네놈이 알겠느냐?

그래, 만일 네놈이 그것을 예감이라도 할 수 있다면, 3280

네놈은 지독한 악마라서, 그런 행복을 즐기지 못하게 했으리라.

메피스토펠레스

초지상적(超地上的)인 즐거움이겠구려!

밤에는 이슬을 맞으며 산 위에 누워,

대지와 하늘을 환희에 젖어 감싸안으며,

마치 신이라도 되려는 듯 스스로 부풀어오르고, 3285

온갖 예감의 충동으로 대지의 골수를 파고들어,

육 일간에 걸쳐 이룩한 신의 업적을 가슴 깊이 느끼면서,

오만스런 힘으로 무엇인지도 모르는 것을 즐기고,

때로는 사랑의 환희에 취해 만물 속에 흘러들어서,

대지의 아들 모습은 완전히 사라져버리고,   3290

다음에는 그 고상한 직관(直觀)을 —

(제스처를* 취하면서)

그 끝장이 — 어찌 되리라는 건 차마 말 못 하겠소이다.

파우스트

이 더러운 자식!

메피스토펠레스

　　　　　　기분 좋을 리가 없으시겠죠.

당신에겐 더러운 자식이라고 점잖게 욕할 권리야 있지요.

순결한 사람이라도 그런 것 없이는 살 수 없다는 걸,   3295

순결한 귀에 대고서 말해서는 안 된다는 것이겠군요.

간단히 잘라 말하건대, 때때로 자신을 속여넘기는,

그런 재미를 보도록 나 당신에게 허락하리다.

그러나 그런 것도 오래 견뎌내지 못할 것이오.

당신은 벌써 또 싫증이 나버린 것 같은데,   3300

이런 식으로 좀더 지속된다면, 완전히 녹초가 되어,

미쳐버리거나 불안과 공포에 휩싸이게 될 것이오!

이쯤 해둡시다! 그런데 당신의 애인은 방 안에 틀어박혀,

세상만사를 답답하고 슬프게만 여기고 있소이다.

그녀의 마음에서 당신이란 자가 도무지 떠나지를 않으니,   3305

그녀는 당신을 너무나 지나치게 사모하고 있단 말이오.

────────────

* 이 몸짓은 그레첸을 희생으로 하는 감각적 사랑의 향락을 암시함.

처음에는 당신 사랑의 열정이 넘쳐흐르며,

작은 시냇물이 눈 녹은 물로 범람하듯 하였지요.

그런 열정을 그녀의 가슴에 마구 쏟아붓더니,

지금은 당신의 개울물이 다시 말라붙은 것이지요. 3310

내 생각으론, 이런 숲속에 제왕처럼 앉아 있느니보단,

저 가련하고 어린 계집아이에게

사랑의 보답이라도 해주는 것이

위대하신 나리에게 더욱 어울릴 것 같소이다.

그애한테는 시간이 비참할 정도로 길게 느껴져, 3315

창가에 기대서서는, 낡은 성벽 위로

흘러가는 구름만 하염없이 바라보고 있습지요.

그러고는 이 몸이 새라면!*이란 노래만을

하루 종일, 한밤중까지 부르고 있답니다.

어쩌다 명랑할 때도 있지만, 대개는 침울해 있고, 3320

한번 실컷 울기라도 하면,

다시 가라앉은 것처럼 보이지만,

사랑에 빠져버린 마음은 늘 그대로랍니다.

파우스트

이 뱀 같은 놈! 뱀 같은 놈!

메피스토펠레스 (혼잣말로)

그래! 난 네놈을 잡은 거야! 3325

---

* 이는 이미 헤르더의 『민요집』에도 수록되어 있는 유명한 노래임.

파우스트

이 흉측한 놈! 썩 물러가거라.*

그 아름다운 여인 이야기는 입에 담지도 마라!

반쯤 미쳐버린 내 마음에 다시는

그 달콤한 육체에 대한 욕망을 불러일으키지 마라!

메피스토펠레스

어쩌자는 것이오? 그앤 당신이 도망쳤다 여기고,   3330

당신은 사실상 반의 반쯤은 뺑소니친 셈이니 말이오.

파우스트

난 그녀 가까이에 있다. 이렇게 멀리 떨어져 있다 해도,

난 그녀를 결코 잊을 수도 없고, 잃을 수도 없다.

이러는 동안에도 나는 그녀가 입술을 대고 있는,

주님의 성체(聖體)까지** 질투하게 된단 말이다.   3335

메피스토펠레스

그러실 테죠! 나도 때로는 당신이 부럽더이다.

장미꽃 속에 묻혀 풀을 뜯는 쌍둥이가*** 되었으면 하구요.

파우스트

물러가라, 뚜쟁이 놈아!

메피스토펠레스

　　　　　　　　좋소이다! 욕하시오. 난 웃어야겠소.

---

* 마태복음 제4장 10절의 '내게서 썩 물러가거라, 이 악마야!'라는 구절 참조.
** 신부나 목사 또는 신자들이 지니고 다니는 그리스도가 못 박혀 있는 십자가상.
*** 솔로몬이 썼다는 구약성서 중 아가서 제4장 5절의 '너의 두 유방은 장미꽃 속에 묻혀 풀을 뜯는 두 마리의 어린 쌍둥이사슴과도 같다'는 구절 참조.

처녀와 총각을 만들어낸 하나님 또한,

스스로 기회까지 만들어주는 것이,   3340

아주 고귀한 직무라는 점을 동시에 인식하고 있었소이다.

어서 가보시오. 불쌍하기 짝이 없는 일이외다!

당신이 사랑하는 애인의 방으로 가라는 것이지,

죽으러 가라는 게 아니올시다.

파우스트

그녀 품안에서 얼마나 천국 같은 기쁨을 맛보았던가?   3345

그녀의 가슴에 안겨 내 몸을 따스하게 해보자꾸나!

나는 줄곧 그녀의 괴로움을 느끼고 있지 않았더냐?

난 도망자가 아니란 말인가? 집도 없는 자가 아닌가?

목적도 없고 안정도 찾을 길 없는 비인간(非人間)이며,

폭포수와도 같이 이 바위에서 저 바위로   3350

심연을 향해 탐욕스레 분노하며 쏟아져내리는 놈이 아닌가?

그런데 다른 한편 그녀는 어린애 같은 둔감한 마음으로,

알프스 산의 조그마한 들판 위에 있는 오두막집에서,

집안 살림을 꾸려가는 그 모든 것을

이 작은 세계에 한정시키고 있단 말이다.   3355

그런데 신의 미움을 받은 나란 놈은,

암벽들을 모조리 움켜쥐고,

그것을 산산조각나도록 부숴버리고서도,

마음이 시원치가 않았다!

그리하여 그녀를, 그녀의 평화를 파괴해버리고 말았구나!   3360

지옥 같은 놈, 이런 희생을 치러야만 했단 말이냐!

도와다오, 악마여! 내게 이 고통의 시간을 단축시켜다오!

어차피 일어날 일이라면, 당장 일어나도록 하라!

그녀의 운명이 내 머리 위에 무너져내려,

그녀가 나와 함께 멸망해도 좋으리라!   3365

메피스토펠레스

다시금 부글거리고, 또다시 불이 붙었구려!

어서 가서 그애나 위로해주시구려, 이 바보 같은 양반아!

이런 조그만 대갈통은 나갈 구멍이 보이지 않으면,

당장에 끝장만을 생각한단 말이야.

용감하게 견뎌나가는 자만이 살아남을 것이외다!   3370

뿐만 아니라 당신도 이전에는 제법 악마답게 굴었소이다.

이 세상에 절망하여 허둥대는 악마보다,

더 입맛 떨어지는 꼴은 없을 것이외다.

그레첸의 방

그레첸 (홀로 물레 앞에 앉아서)

　　마음의 평화는 사라지고,

　　가슴은 한없이 답답하네.   3375

　　그 평화 이제는 못 찾으리,

　　결코 다시는 찾지 못하리.

그이가 계시지 않은 곳,
내게는 어디나 무덤.
온 세상 돌아본다 해도 3380
내게는 쓰디쓴 고난일세.

가련한 내 머리는
미칠 듯 어지럽고,
가련한 내 심정은
산산조각나고 말았네. 3385

마음의 평화는 사라지고,
가슴은 한없이 답답하네.
그 평화 이제는 못 찾으리,
결코 다시는 찾지 못하리.

행여나 그이 오실까 3390
창문으로 내다보고,
행여나 그이 만날까
집 밖으로 나가보네.

그이의 의젓한 걸음걸이,
고귀한 그의 모습, 3395

입가에 흐르는 미소,
눈길에 담긴 그 정기,

거기에 마술처럼 흐르는
그이의 오묘한 말씀,
꼭 잡아주는 손길,   3400
그리고 아 그분의 키스!

마음의 평화는 사라지고,
가슴은 한없이 답답하네.
그 평화 이제는 못 찾으리,
결코 다시는 찾지 못하리.   3405

애달픈 내 가슴은
그이를 향해 사무치네.
아아 나 그이를 붙잡아,
내 곁에 모셔두고,

내 마음 찰 때까지,   3410
키스를 하고 싶어라.
그의 키스를 받으며,
사라진다 할지라도!

마르테의 집 정원

마가레테, 파우스트

마가레테

하인리히,* 약속해주세요!

파우스트

　　　　　　　　　　　　내가 할 수 있는 일이라면!

마가레테

그럼 말씀해주세요. 종교를 어떻게 생각하시나요?** 　　3415

당신은 진정으로 착하신 분이긴 하지만,

종교는 별로 중하게 여기시지 않는 것 같아요.

파우스트

그런 얘긴 그만둬요! 당신은 내가 착하다는 걸 느끼고 있어.

내 사랑하는 사람을 위해선 피와 살을 다 바치겠지만,

누구에게서도 그의 감정이나 교회를 빼앗고 싶지는 않아. 　　3420

마가레테

그건 옳지 않아요. 믿으셔야만 해요!

파우스트

그래야만 할까?

---

* 파우스트의 이름. 전설상의 이름은 요한네스이지만, 괴테는 하인리히라 함.
** 파우스트의 신앙심을 묻는 그레첸은 슈트라스부르크 시절 괴테가 사랑하던 제젠하임
의 프리데리케를 연상시킴.

마가레테

　　　　　아아! 당신께 뭐라도 해드릴 수만 있다면!

당신은 교회의 성사(聖事)조차도 존중하지 않으시죠.

파우스트

존중하고 있어.

마가레테

　　　　　하지만 진심으로 원해서가 아니잖아요.

미사에도 안 가시고, 고해도 하지 않은 지 오래되었어요.　　　3425

하나님을 믿으시나요?

파우스트

　　　　　　여봐요, 누가 감히 말할 수 있겠소,

내가 하나님을 믿는다고!

성직자나 현인(賢人)에게 물어보아도 좋지만,

그들 대답은 마치 그런 걸 물어보는 사람을

조롱하는 것처럼 들릴 것이오.

마가레테

　　　　　　　그럼 믿지 않으시는군요?　　　3430

파우스트

내 말을 오해하지 말아요, 사랑스런 사람이여!

누가 감히 하나님을 이름할 수 있겠소?

나는 하나님을 믿는다고,

누가 감히 고백할 수 있을까.

마음에 느끼고 있는 사람이,　　　3435

또 누가 감히 나 그를 믿지 않는다고,

잘라서 말할 수가 있을까?

만물을 포괄하는 자,

만물을 보존하는 자,

그는 당신을, 나를, 그리고 자기 자신을   3440

포괄하며 보존하고 있지 않은가?*

하늘은 저기 저렇게 높이 둥글게 덮여 있지 않은가?

대지는 여기에 이렇게 단단히 놓여 있지 않은가?

그리고 영원한 별들은 친절한 눈길을 보내며

이렇게 떠오르고 있지 않은가?   3445

내가 당신과 더불어 눈과 눈을 마주 보고 있노라면,

당신의 머리와 당신의 가슴속으로

이 모든 것이 밀려들어오지 않소?

그리고 영원한 비밀에 싸여 눈에 보일 듯 안 보일 듯

당신 곁에서 떠돌고 있지 않소?   3450

아무리 크더라도 당신 가슴을 그것으로 가득 채우구려.

그리고 그런 감정에 젖어 성스러운 기분을 느낀다면,

그것을 행복! 마음! 사랑! 혹은 하나님! 이라고 부르든,

당신이 원하는 대로 이름을 붙이도록 해요!

나는 그것을 무엇이라고 이름해야 할지   3455

---

* 자기를 포함한 우주 만물을 포괄하여 그 자체 영원히 변화 생성하며, 자연을 자신 속에
또 자신을 자연 속에 품고 있다는 괴테의 범신론적 사상은 동양의 도가사상과도 일맥상
통함.

모르겠소! 내겐 감정이 전부요.

이름이란 음향이나 연기와 같고,

안개 속에 뒤덮인 하늘의 불길과도 같다오.

마가레테

그것은 모두 정말 아름답고 훌륭한 말씀이에요.

신부님 말씀도 대강 그와 비슷한데,   3460

하시는 말들이 약간 다를 뿐이에요.

파우스트

맑은 하늘 아래 사는 사람들은

어디를 가든지 모두가,

자기 말투에 따라 이야기를 하는 법인데,

어찌하여 나는 내 식대로 말해선 안 된단 말이오?   3465

마가레테

그런 말씀을 들으면, 그럴듯하다는 생각이 들어요.

하지만 늘 어딘가 잘못된 점이 남아 있는 것 같은데,

그건 당신이 기독교를 믿지 않기 때문인가봐요.

파우스트

이 귀여운 사람!

마가레테

　　　　　전 벌써부터 마음이 아팠어요.

당신이 그 친구와 함께 다니시는 걸 볼 때마다요.   3470

파우스트

어째서요?

마가레테

　　　　당신 곁에 늘 붙어다니는 그 사람을,

　저는 깊은 마음속으로부터 증오하고 있어요.

　제가 지금까지 살아오는 동안

　그 사람의 거슬리는 얼굴만큼,

　제 가슴에 못을 박은 것은 없었어요.　　　　　　　3475

파우스트

　인형처럼 사랑스럽군. 그를 두려워할 것 없어요!

마가레테

　그 사람이 있으면 저는 피가 끓어올라요.

　그 외의 모든 사람들을 전 호의적으로 대하고 있어요.

　그런데 당신이 보고 싶어 몹시 그리워할 때에도,

　그 사람을 생각하면 웬일인지 오싹 소름이 끼치고,　　3480

　그 사람이 악당 같다는 생각이 들어요.

　제가 그를 잘못 보았다면, 하나님께 용서를 빌겠어요!

파우스트

　그런 괴상한 녀석도 있어야 하는 법이라오.

마가레테

　전 그런 사람과는 함께 지내고 싶지 않아요.

　그가 문으로 들어설 때면, 언제나　　　　　　　　3485

　그렇게 남을 조롱하는 듯 바라보고,

　반쯤은 분노에 찬 것 같아요.

　그는 남이야 어찌 되건 아무런 관심도 없는 듯이 보이고,

그 이마에는 어떤 사람도 사랑할 수 없다는

사실이 역력히 씌어 있어요.   3490

전 당신의 품안에 있으면 그렇게도 행복하고,

그렇게도 자유스러우며, 모든 것을 내맡긴 듯 따스한데,

그 사람만 있으면, 내 마음이 꼭 죄어드는 것 같아요.

파우스트

당신은 예감으로 충만한 천사로구려!

마가레테

그런 감정이 저를 너무나 압도해서,   3495

우리 둘이 있을 때 그 사람이 들어오기라도 하면,

당신을 더이상 사랑할 수 없다는 생각까지 들어요.

게다가 그가 있으면 기도조차 드릴 수 없으니,

그것이 제 심장을 쪼아먹는 것 같아요.

하인리히, 당신도 틀림없이 그럴 거예요.   3500

파우스트

당신은 선천적인 혐오감을 느끼고 있는 거요!

마가레테

이제 가봐야겠어요.

파우스트

　　　　　　아아, 단 한 시간만이라도

마음 놓고 당신의 품에 안기며, 가슴과 가슴을,

영혼과 영혼을 서로 맞대고 있을 수가 없단 말이오?

마가레테

아, 제가 혼자서만 잔다면 얼마나 좋겠어요!　　　　　3505

오늘밤에 당신을 위해 대문 빗장을 열어놓겠어요.

하지만 제 어머님은 잠을 깊이 주무시지 않으세요.

그러다가 어머니한테 들키기라도 한다면,

전 그 자리에서 당장 죽은 목숨이에요!

파우스트

천사 같은 당신, 그런 건 염려할 것 없어.　　　　　3510

여기 조그만 약병이 있소! 단 세 방울만

어머니가 마시는 음료에 섞어넣으면,

세상 모르고 깊은 잠을 주무시게 될 거요.

마가레테

당신을 위해서라면 무엇인들 못 하겠어요?

어머니께 해롭지는 않았으면 좋겠어요!　　　　　3515

파우스트

해로운 것이라면 내가 어찌 권하겠소?

마가레테

사랑하는 분이시여, 당신을 만나기만 하면,

당신 뜻대로만 응하게 되니, 어쩐 일인지 저도 모르겠어요.

당신을 위해 벌써 너무나 많은 일을 하였기에,

이젠 더이상 할 일이 아무것도 없는 것 같아요. (퇴장)　　　3520

(메피스토펠레스, 등장한다.)

메피스토펠레스

그 풋내기 계집, 가버렸소?

파우스트

또 엿들었구나?

메피스토펠레스

자초지종을 상세히 잘 들었소이다.

박사님께서 교리문답을 당하시더이다.

훌륭한 소득이 있길 바라는 바입니다.

계집애들이란 옛날 버릇 그대로 어떤 남자든 간에,   3525

신앙심이 있는지, 순박한지에 지대한 관심을 갖고 있지요.

그런 일에 굴복하면, 자기들 말도 잘 따르리라 생각하거든요.

파우스트

네놈 같은 괴물은 알지 못하리라.

저 진실하고 사랑스러운 아이는,

오로지 그 믿음만으로도   3530

그녀를 성스럽게 해주는 신앙심으로 충만하여,

가장 사랑하는 애인을 잃었다고 여길 정도로,

진정 성스럽게 걱정하고 있는 것이다.

메피스토펠레스

초(超)관능적이면서도 관능적인 구혼자여,

어린 계집이 당신을 우롱하고 있소이다.   3535

파우스트

이 똥물과 불이 희롱하다 태어난 놈 같으니라고!

메피스토펠레스

그런데 그 계집은 관상도 제법 잘 보더이다.

내가 있으면, 왠지 모르게 이상한 기분이 된다니,

말하자면 내 상판이 숨은 뜻을 예언한다는 게지요.

그 계집은 내가 틀림없이 천재일* 거라고,   3540

어쩌면 악마일지도 모른다고 느끼고 있는 것이외다.

그런데, 오늘밤엔? —

파우스트

　　　　　　　　　그게 네놈에게 무슨 상관이냐?

메피스토펠레스

그렇지만 난 나대로 그것이 반가우니까요!

우물가에서

그레첸과 리스헨이 물동이를 잡고서 이야기한다.

리스헨

너 베르벨헨에 대한 소문 하나도 못 들었니?

그레첸

전혀 못 들었어. 난 사람들 많은 데는 별로 가지 않으니까.   3545

---

* 천재란 창조적 능력을 가진 사람을 뜻하지만, 한편으로는 악마적 힘을 지녔다고도 할
수 있음. 이런 특성은 보통 사람에겐 이해될 수 없으며, 두려움의 대상이 되기도 함.

리스헨

확실해, 오늘 시빌레가 그러더라!

그앤 결국 홀딱 속았다는 거야.

그렇게 얌전한 척하더니만!

그레첸

어떻게 됐는데?

리스헨

냄새가 난다더라!

이젠 먹고 마시는 것이 두 사람 몫이라야 한다는 거야.

그레첸

맙소사!   3550

리스헨

결국 당연한 일이 일어난 거야.

얼마나 오랫동안이나 그 녀석을 따라다녔다고!

산책을 한다 하고,

마을로, 무도장으로 안내를 한다 하면서,

어딜 가나 제일가는 여자라고 추어올려놓고는,   3555

언제나 파이와 포도주를 시키며 비위를 맞춰줬거든.

그러니까 그애도 제가 으뜸가는 미인으로 착각하고,

여러 가지 선물을 받고서,

부끄러워할 줄도 모를 정도로 뻔뻔해졌지 뭐니.

둘이서 애무하며 핥고 빨고 하다가,   3560

이제 그만 그 작은 꽃도* 떨어지게 된 거야!

그레첸

가엾은 것!

리스헨

　　　　　그런 계집애를 가엾게 여기다니!

우리 같은 애들이 물레 곁에 앉아 있고,

밤이면 어머니가 밖에 내보내주지 않았을 때에도,

그 계집애는 애인 곁에 붙어앉아 단맛을 보고,　　　　　3565

문 앞의 벤치에서나 어두컴컴한 골목에서,

시간이 가는 줄도 모르고 지내지 않았니.

그러니 이제 어딜 가나 고개를 들지 못하고,

죄수옷을 입고 교회에 나가 참회해야** 할 거야!

그레첸

그이가 그앨 틀림없이 아내로 맞아들일 거야.***　　　　　3570

리스헨

그렇다면 그가 바보지! 약삭빠른 사내들이란

다른 곳에서도 얼마든지 놀아날 기회가 있단 말이야.

벌써 달아나버렸대.

그레첸

　　　　　그거 정말 안됐구나!

---

* 처녀의 순결을 뜻함.

** 1786년까지 도덕적 잘못을 저지른 처녀는 수의(囚衣) 하나만 입고 교회 제단 앞에서 참회하고 속죄하는 벌을 받음. 이것이 두려워 영아를 살해하는 범죄가 자주 일어남.

*** 부정을 저지른 여인의 유일한 구원은 애인과 결혼하는 것임.

리스헨

그애가 그 남자와 결혼한다면, 혼을 내줄 거야.

사내들이 그애의 화관(花冠)을 뜯어버릴 것이고,   3575

우린 그 집 앞에 여물을 뿌려놓을* 거야! (퇴장)

그레첸 (집으로 돌아가면서)

어떤 가련한 여자애가 잘못을 저지르면, 예전엔

나도 얼마든지 신이 나서 헐뜯을 수 있었는데!

다른 사람들의 죄에 대해선, 혀끝이 당해내지 못할 만큼

나도 그렇게 많은 비난을 퍼부어대곤 했었는데!   3580

남이 저지른 짓이 검게 보이면, 더욱 검은 칠을 해도

마음에 흡족토록 검게 여겨지지가 않았었고,

죄 없는 나 자신을 축복하며 그렇게도 잘난 체를 했었는데,

그런데 이제는 나 자신이 죄지은 신세가 되었구나!

하지만 ─ 나를 그리로 몰아간 그 모든 것은,   3585

아아, 하나님! 그처럼 달콤했어! 아, 너무나 사랑스러웠어!

---

* 순결치 못한 신부가 화관을 쓰고 결혼식장에 나타날 때는 이를 뜯어버리고, 문 앞에는 꽃 대신에 시듦의 상징인 여물을 뿌려놓는 풍습이 있었음.

성벽의 안쪽 길*

성벽의 움푹 파인 곳에 고난의 성모상이 서 있고, 그 앞에 꽃병이
놓여 있다.

그레첸 (싱싱한 꽃을 꽃병에 꽂는다.)

> 수많은 고난을 겪으신 성모님,
> 당신의 얼굴을 드리우시어 자비로이
> 저의 곤경을 굽어보아주소서!

> 가슴에 칼날을 맞으시고,   3590
> 무수한 고통을 겪으시며
> 아드님의 죽음을 목도하시나이다.

> 하늘에 계신 아버지를 우러러보시며,
> 아드님과 당신의 고난을 위해
> 애통의 한숨을 보내고 계시나이다.   3595

> 제 골수에 얼마나 고통이
> 사무쳐오는가를,
> 그 누가 느끼겠나이까?
> 가련한 제 마음이 여기 이렇게 두려워하고,

---

* 옛 도시의 바깥 성벽과 안쪽 성벽 사이의 좁다란 중간지대.

몸을 떨면서, 무엇을 갈구하는지   3600
오로지 당신, 당신만이 알고 계시나이다!

저는 언제 어디를 가든,
여기 이 가슴속이
아프고, 아프고, 또 아프답니다!
아아, 저는 혼자 있기만 하면,   3605
울고, 울고, 또 울어서,
심장이 갈기갈기 찢어지는 듯합니다.

이른 아침 당신에게 바치려고
이 꽃을 꺾을 때, 아아,
창문 앞에 놓인 화분을 저는   3610
눈물로 적시었나이다.

이른 새벽 태양이
제 방 안을 환하게 비춰줄 때면,
저는 온갖 슬픔에 싸여
벌써 자리에 일어나 앉아 있사옵니다.   3615

도와주소서! 치욕과 죽음에서 절 구해주소서!
수많은 고난을 겪으신 성모님,
당신의 얼굴을 드리우시어 자비로이

저의 곤경을 굽어보아주소서!

밤

그레첸의 집 대문 앞 거리.

발렌틴 (군인. 그레첸의 오빠)

누구나 제 자랑 늘어놓기 좋아하는   3620

술자리에, 내가 이렇게 앉아 있었을 때,

동료들은 내 앞에서 꽃 같은 처녀들을

소리 높여 찬양하고는,

그녀의 건강을 위해 가득 찬 술잔을 비워댔지.

그럴 때 난 팔꿈치를 괴고서   3625

여유 만만하게 자리를 잡고 앉아,

그 모든 허풍치는 소리를 듣고 있다가,

입가에 미소를 띤 채 수염을 쓰다듬으며,

넘치는 술잔을 손에 들고 이렇게 소리쳤지.

그야 모두가 제멋대로이니까!   3630

하지만 온 천하를 샅샅이 찾아본다 해도,

내 귀여운 그레첸과 비길 만한 아이가 있겠느냐?

내 동생의 시중이라도 들 만한 처녀가 있단 말이냐?

옳다! 옳아! 찡그렁! 쨍그렁! 이렇게 잔은 돌아갔지.

그러면 한 패가 소리치기를, 그의 말이 맞아,   3635

그녀는 온 여성의 자랑거리야! 라고.

그러면 자랑하던 패들이 모두 벙어리가 되어버렸지.

그런데 지금은 어떤가!— 머리털을 쥐어뜯어도,

담벼락을 기어오른다 해도, 무슨 소용 있겠는가!—

갖가지 말로 빈정거리고, 코를 찌푸려대면서,   3640

온갖 잡놈들이 나를 욕하고 있으니 말이다!

나는 악독하게 빚진 놈처럼 앉아 있어야만 하고,

우연히 지나가는 말에도 진땀을 빼는 꼴이 되었구나!

그놈들을 모조리 박살내주고도 싶지만,

놈들을 거짓말쟁이라고 말할 수도 없구나.   3645

저기 오는 게 뭐지? 살금살금 다가오는 놈들이 누구지?

잘못 본 게 아니라면, 저게 바로 그 두 놈이로구나.

저게 만일 그놈이라면, 당장에 멱살을 움켜잡아,

이 자리에서 놈을 살려 보내지는 않으리라!

(파우스트, 메피스토펠레스 등장한다.)

파우스트

저기 저 성물납실(聖物納室)의 창문으로부터   3650

영원한 등불의 불빛이* 위쪽으로 비쳐 올라가고,

---

* 가톨릭 교회의 제단에 지속적으로 켜져 있는 빨간 등불.

옆으로 퍼져 점점 그 빛이 가물가물 희미해져서,

결국 그 주위에 캄캄한 암흑이 밀려들고 있구나!

그처럼 내 가슴속도 한밤중처럼 어둡게 보이는구나.

메피스토펠레스

그런데 내 마음은, 소방용 사다리 곁을 지나,　　　　3655

살금살금 담벼락을 끼고 남몰래 기어가는,

열망에 가득 찬 고양이새끼와도 같답니다.

게다가 난 아주 도덕적이긴 하면서도,

도둑질 욕망도 좀 있고, 교미하고픈 욕구도 좀 있소이다.

그러니 벌써 내 사지에 온통 저 화려한　　　　3660

발푸르기스의 밤 축제 기분이 출몰하는 것 같습니다.

내일모레면 다시 그날이 닥쳐오는데,

거기 가보면, 사람들이 왜 밤을 새우는지 알게 될 겁니다.

파우스트

저기 뒤편에 불꽃이 번쩍이는 게 보이는데,

아마도 땅 속의 보물이* 밀고 올라오는 것이겠지?　　　　3665

메피스토펠레스

보물항아리를 캐내는 즐거움을,

당신도 머지않아 체험할 수 있을 것이외다.

얼마 전에 슬쩍 곁눈질로 훔쳐보았는데,

---

* 미신에 따르면 땅 속에 숨겨진 보물은 어느 정도 세월이 경과하면 눈부신 빛을 발하며 밀고 올라온다고 함. 그때 행운아가 그것을 발견하여 소유할 수 있지만, 발견되지 않은 보물은 다시 땅 속으로 가라앉아버린다고 함.

괭장한 사자무늬 은화가* 잔뜩 들어 있더이다.

파우스트

내 사랑하는 애인을 치장해줄 만한,   3670

보석이나 반지는 없더란 말이냐?

메피스토펠레스

그런 물건도 하나 들어 있었는데,

끈에다 진주를** 꿰어놓은 것 같더군요.

파우스트

그렇다면 잘됐구나! 선물도 없이,

그녀를 찾아간다는 게 마음 아프단 말이다.   3675

메피스토펠레스

무엇이든 공짜로 재미 본다는 따위의,

불쾌한 일이 생기지 않도록 해드리겠소이다.

마침 하늘에는 별들이 온통 반짝이고 있으니,

진짜 예술적인 노래를 한 곡 들려드리지요.

그 계집을 좀더 확실하게 미혹시키기 위해,   3680

아주 도덕적인 노래를 불러준단 말입니다.

(기타에 맞춰 노래한다.)

이렇게 이른 새벽에,

---

* 보헤미아나 네덜란드에서 나온 사자무늬가 새겨진 은화.
** 민간신앙에 따르면 진주는 눈물을 상징하는데, 이는 그레첸의 정신 상태와 미래의 운명을 암시하고 있음.

카타리나 아가씨야,

여기 애인의 문 앞에서

그대 무엇 하느냐?   3685

아서라, 제발 그만둬라!

그자는 그대를 불러

숫처녀로 들어오게 하지만,

숫처녀로 돌려보내진 않으리라.

너희 정신들 차려라!   3690

일단 일을 치르고 나면,

그 다음은 안녕이란다.

이 가련하고 불쌍한 것들아!

너희들 몸을 아끼려면,

도둑놈을 경계하고,   3695

사랑일랑 아예 하지를 마라,

손가락에 반지 낄 그날까지는.*

발렌틴 (앞으로 나온다.)

이 망할 자식! 여기서 누굴 유혹하느냐?

이 저주받을 쥐잡이** 놈들 같으니!

---

* 이 노래는 셰익스피어의 비극 『햄릿』 제4막 5장에 나오는 오필리아의 민속적 사랑노래
를 본받은 것임.

먼저 그 깽깽이 통부터 없애버리겠다! 3700

다음은 노래하는 놈을 악마에게 보내주마!

메피스토펠레스

기타가 두 동강 났군! 이걸론 안 되겠다.

발렌틴

이번엔 대갈통을 부숴놓겠다!

메피스토펠레스 (파우스트에게)

박사님, 물러서지 마시오! 기운을 내시오!

내게 딱 달라붙어서 시키는 대로만 하시오. 3705

그 먼지털이개를*** 뽑으시오!

찔러대기만 하시오! 내가 막아낼 테니까요.

발렌틴

이걸 막아봐라!

메피스토펠레스

못 막을 게 뭐냐?

발렌틴

이것도!

메피스토펠레스

물론!

** 여기서 발렌틴이 저주하는 것은 문자 그대로 '쥐를 잡는 놈'이 아니다. 하멜(Hamel)
의 '쥐잡이'를 괴테는 노래에서와 같이 '처녀잡이'로 해석하고 있음.
*** 가벼운 검(Degen)을 익살스럽게 표현한 것임.

발렌틴

이건 악마가 싸우는 것 같구나!

이게 웬일인가? 벌써 손이 마비되다니.   3710

메피스토펠레스 (파우스트에게)

찌르시오!

발렌틴 (쓰러진다.)

아, 분하구나!

메피스토펠레스

이 쌍놈, 이제 얌전해졌군!

하지만 튑시다! 우린 당장 도망쳐야만 합니다.

벌써 살인했다는 소동이 일고 있으니까 말이오.

경찰쯤이야 멋지게 해치울 수 있지만,

형사재판에 연루되는 건 딱 질색이란* 말이오.   3715

마르테 (창가에서)

나와봐요! 나와보세요!

그레첸 (창가에서)

등불 좀 가져오세요!

마르테 (전과 같이)

욕하고 쥐어뜯고, 악을 쓰며 싸우고 있어요.

사람들

저기 벌써 한 사람이 죽어 넘어졌구나!

---

* 생사를 좌우하는 중죄를 재판하는 것은 신의 이름으로 이루어짐. 그러니까 악마로서는 경찰은 문제가 되지 않지만, 사형 선고는 뜻대로 되지 않아 질색이라는 것임.

마르테 (앞으로 나오며)

　살인자들은 벌써 도망쳤나요?

그레첸 (앞으로 나오며)

　쓰러진 사람이 누구예요?

사람들

　　　　　　　　　네 어머니의 아들이다.　　　　　3720

그레첸

　오, 하나님! 이게 어찌 된 일인가요!

발렌틴

　나는 죽는다! 말도 곧 해야겠지만,

　나는 그보다 더 먼저 죽게 될 것이다.

　여인들이여, 무엇 때문에 거기 서서 울고불고 야단이오?

　이리 가까이 와서 내 말을 들어보시오!　　　　3725

　(모두들 발렌틴의 주위로 다가간다.)

　봐라! 그레첸아, 너는 아직 어리고,

　제대로 철도 나지 않았으니,

　네 일조차 그르치고 있단다.

　네게만 남몰래 일러두는 바이지만,

　아무튼 이제 너는 창녀가 되고 말았다.　　　　3730

　그게 당연한 노릇인지도 모르겠다.

그레첸

　오빠! 아, 하나님! 그게 무슨 말씀이세요?

발렌틴

농담으로라도 주 하나님을 입에 담지 마라.

유감스럽지만 일어난 일은 일어난 일이며,

그리고 그 일은 되어갈 대로 될 것이다.   3735

너는 단 한 놈과 은밀하게 시작했지만,

곧 그놈들의 숫자가 늘어날 것이고,

한 다스쯤 되는 놈들이 너를 맛보게 되면,

그럼 온 도시가 너를 갖게 되는 것이다.

치욕의 씨앗이라도 잉태하게 되면,   3740

그 아일 남모르게 세상에 낳아놓겠지.

그리고 그놈의 머리와 귀를

어둠의 베일로 푹 덮어놓을 수도 있겠지.

그래, 그놈을 죽여버리고도 싶어질 것이다.

그러나 그놈이 자라서 크게 되면,   3745

대낮에도 얼굴을 내밀고 쏘다니게 되겠지만,

치욕의 씨앗이란 아름다워지는 법이 없느니라.

그놈의 얼굴이 추해지면 추해질수록,

더욱더 대낮의 광명을 찾게 될 것이다.*

나는 진정 그때가 눈앞에 보이는 것 같구나.   3750

------

* 자신의 미(美)로 남자들을 유혹하기 위해 대낮에도 얼굴을 내밀고 돌아다닌다는 뜻.

이 도시의 모든 선량한 사람들이,

전염병에 걸려 죽은 시체라도 대하는 것처럼,

창녀가 다 된 너를 피해 지나가는 꼴을 말이다!

그 사람들이 네 눈을 바라볼 때면,

네 몸뚱이 속의 심장은 얼마나 기가 꺾이겠느냐!　　　　　　　　3755

이젠 금목걸이도 걸고 다닐 수 없으리라!*

교회에서는 제단 앞에 설 수도 없으리라!

아름다운 레이스를 단 옷을 입고,

춤추며 즐거워할 수도 없을 것이다!

캄캄한 비탄의 구석에 쑤셔박혀,　　　　　　　　　　　　　　　3760

걸인과 병신들 틈에 몸을 숨기고 지내야 할 것이며,

비록 하나님께서 널 용서하신다 할지라도,

이 세상에서는 저주받은 몸이 되리라!

마르테

하나님께 당신 영혼에 대한 은총이나 구하세요!

남을 비방하는 죄까지 덮어쓰려고 그러세요?　　　　　　　　　　3765

발렌틴

이 치욕스런 뚜쟁이 계집년아!

네 말라빠진 몸뚱이를 비틀어 죽였으면 좋겠다.

그렇게 하여 내 모든 죄에 대한

---

* 15세기 프랑크푸르트 경찰령에 따르면, 매춘부는 금목걸이를 하거나 비단옷을 입고 교회에 올 수 없도록 되어 있음.

용서를 충분히 받을 수 있었으면 좋겠구나.

그레첸

오빠! 이 무슨 지옥과도 같은 고통이에요! 3770

발렌틴

말해두건대, 눈물일랑 거두도록 하라!

네가 명예를 버리고 말을 하기에,

내 마음은 가장 심한 충격을 받았단다.

나는 죽음이란 잠을 통하여

군인으로서 씩씩하게 하나님에게로 가겠노라. (죽는다.) 3775

성당

장례 미사. 오르간과 노랫소리.

그레첸이 많은 사람들 사이에 앉아 있다. 그레첸 뒤에 악령이* 있다.

악령

그레첸, 너도 많이 변했구나,

네가 아직 천진난만했을 때는,

여기 이 제단 앞에 나가서

낡은 기도책을 펼쳐들고,

반은 어린아이들 장난으로 3780

---

* 이는 신이 보낸 가책의 악령인 동시에 인간의 양심의 소리에 대한 상징임.

반은 마음에 하나님을 생각하면서,

더듬더듬 기도를 올렸었다!

그레첸!

너의 정신은 어디로 갔느냐?

너의 가슴속에는   3785

그 어인 못된 행위인가?

넌 너로 인해 기나긴 고통 속으로* 잠들어간,

네 어머니의 영혼을 위해 기도하는가?

너의 집 문지방에는 누구의 피가** 흘렀느냐?

─그리고 네 가슴 아래에서는   3790

죄악의 씨가 벌써 솟아올라 꿈틀거리며,

예감에 가득 찬 현존(現存)으로써,

너와 그 자신을 두렵게 하고 있지 않느냐?

그레첸

괴로워라! 괴로워라!

내 마음속을 오락가락하며,   3795

나를 책망하는

이런 생각에서 벗어나면 좋으련만!

합창

노여움의 날, 그날이 오면,

---

* 고해도 못 하고 종부성사도 받지 못한 채 죽어갔기 때문임.
** 파우스트의 칼에 찔린 그레첸의 오빠 발렌틴의 피를 말함.

세상은 녹아서 재가 되리라.*

(오르간 소리)

악령

분노가 너를 사로잡으리라!   3800

나팔소리가 울려퍼지리라!

무덤들이 진동하리라!

그리고 너의 마음은,

재와도 같은 안식으로부터

이글대는 불꽃의 고통으로   3805

다시 피어올라,

벌벌 떨게 되리라!

그레첸

여기를 떠날 수만 있다면!

저 오르간 소리는

내 숨통을 틀어막고,   3810

노랫소리는 내 심장을

속속들이 녹여버리는 것 같구나.

합창

그리하여 심판관 자리에 앉게 되면,

숨겨진 일 모조리 밝혀지고,

벌받지 않는 일 하나도 없으리라.   3815

---

* 최후의 심판의 날에 관한 라틴어로 된 찬송가.

그레첸

너무나 답답하다!

저 벽기둥들이

날 사로잡는구나!

저 둥근 천장이

나를 짓누르는구나!— 공기를! 3820

악령

숨어보라! 그러나 죄와 치욕은

감추어지지 않으리라.

공기라고? 광명이라고?

불쌍하도다!

합창

가련한 나 그때는 무엇이라 말하리? 3825

어느 정령에게 내 보호를 갈구하랴?

정의로운 사람마저 불안스런 그때에.

악령

죄를 씻은 자들은 네게서

얼굴을 돌리리라.

순결한 자들은 네게 3830

손 내밀기를 몸서리치리라.

슬프도다!

합창

가련한 나 그때는 무엇이라 말하리?

그레첸

옆에 계신 아주머니! 그 향수병을* 좀! ―

(기절하여 쓰러진다.)

발푸르기스의 밤

하르츠의 산중, 시에르케와 엘렌트** 지방.

파우스트와 메피스토펠레스

메피스토펠레스

빗자루 같은 것 필요하지 않소이까?   3835

나는 아주 억센 숫염소라도*** 한 마리 있었으면 좋겠소.

목적지까지 가려면 길이 아직도 멀었소이다.

파우스트

두 다리에 아직 싱싱한 기운이 느껴지는 한,

나는 이 마디투성이의 지팡이로 충분하다.

길을 그렇게 재촉한들 무슨 소용 있겠느냐!   3840

미로와 같은 계곡들을 천천히 걸어서,

샘물이 끊임없이 솟아올라 떨어져내리는

---

* 장시간 미사 드리는 동안에 기절이나 졸음을 막기 위해 여인들은 향수병을 가지고 다녔음.

** 이는 하르츠의 산중에 실재하고 있는 마을들로서, 여기서부터 정상인 브로켄 산까지 오르는 데는 약 두 시간 정도 걸림.

*** 발푸르기스의 밤에 마녀들은 빗자루나 염소를 타고 축제 장소로 간다는 미신이 있음.

이 바위들을 타고 올라가는 것이,

이런 험한 길을 가는 데 흥을 돋워주는 즐거움이로다!

봄은 벌써 자작나무숲 속에서 꿈틀거리고,   3845

가문비나무들까지도 이미 봄기운을 느끼고 있구나.

그러니 우리들 사지에도 그 영향이 미치지 않겠느냐?

메피스토펠레스

사실, 나는 아무것도 느끼지 못하겠소이다!

이 몸뚱이 속은 한겨울과도 같으니,

우리가 가는 길에 눈과 서리라도 내렸으면 좋겠군요.   3850

저 이지러진 모양의 붉은 달이

때 아닌 빛을 발하며 구슬프게 떠오르고 있지만,

그 빛이 너무 미약하여 한 걸음, 한 걸음 옮길 때마다

나무에 걸려, 혹은 바위에 걸려 넘어질 것 같소이다!

미안하지만, 도깨비불에게 부탁 좀 하겠소이다!   3855

저기 마침 신나게 불타는 놈이 하나 보이는군요.

이봐! 친구! 자네 이리 좀 와주겠는가?

그렇게 쓸데없이 빛을 내고 있을 필요가 있겠는가?

부탁하네만, 우리가 올라가는 길을 좀 밝혀주게나!

도깨비불*

황송하옵니다. 가볍게 흔들거리는 제 천성을,   3860

어떻게든지 억눌러 잘 해보도록 하겠나이다.

---

* 소택지 같은 곳에 생기는 인화(燐火)로서, 이를 악마와 결부시켜 의인화한 것임.

우리의 걸음걸이는 지그재그로 되는 게 보통이니까요.

메피스토펠레스

허허! 네놈이 인간을 흉내낼 모양이로구나.

악마의 이름으로 명하건대, 똑바로 걸어가도록 하라!

그러지 않으면 펄럭이는 네 생명의 불꽃을 꺼버릴 테다.   3865

도깨비불

나리께서 우리 집 주인이란* 걸 잘 알고 있사오니,

기꺼이 나리의 분부대로 따르겠사옵니다.

한 가지 생각해주십쇼! 오늘 이 산중이 온통 미쳐 날뛰고 있는데,

도깨비불이 나리의 길을 밝혀 안내해야만 한다면,

나리께서도 너무 까다롭게 굴진 말아주십시오.   3870

파우스트, 메피스토펠레스, 도깨비불 (교대로 노래를 부른다.)

꿈의 나라, 마술의 영역으로

어느덧 우리 들어온 모양이다.

우릴 잘 모셔 영광을 찾으라.

우리들 급히 앞으로 달려가

넓고 황량한 공간에 다다르리라!   3875

나무들 뒤에 또 나무들이,

재빨리 스쳐 지나가고,

스스로 허리 굽히는 암벽들,

---

* 여기서는 메피스토펠레스가 최고의 악마임.

길게 뻗어내린 바위의 콧날들,
드르렁 코 골며 숨을 뿜어대누나!   3880

돌뿌리 맴돌고 풀밭을 헤치며,
산골 물, 시냇물이 흘러내린다.
들리는 저 소리, 물소리냐? 노랫소리냐?
달콤한 사랑의 하소연인가,
천국 같던 젊은 날의 목소리던가?   3885
우린 무엇을 희망하고, 무엇을 사랑하는가!
지나간 시절의 옛이야기처럼,
메아리 그윽하게 울려오누나.

우후! 슈우후! 가까이서 울어대는
올빼미, 푸른 도요, 어치의 울음소리,   3890
모두가 아직도 잠 깨어 있었더냐?
덤불 속 기어가는 것은 도롱뇽인가?
다리는 긴데다, 배는 뿔룩하구나!
암벽과 모래밭에서 뱀처럼,
비비 꼬여 솟아나온 나무뿌리들,   3895
이상한 띠를 내뻗쳐
우리를 놀라게 해 잡으려 하는구나.
살아 있는 듯 거친 옹이자리에서
해파리인 양 섬유질이 뻗어나와

나그네 가는 길을 가로막는다.   3900

쥐들은 가지각색으로 떼를 지어서,

이끼와 잡초 속을 헤매는구나!

그리고 수많은 반딧불도

우글우글 여러 개로 떼를 지어서,

혼잡스런 길잡이로 날고 있구나.   3905

그런데 말해보라, 우린 서 있는 것이냐,

아니면 계속해 가고 있는 것이냐?

모든 것이 모조리 도는 것만 같구나.

암벽과 나무들은 얼굴을 찡그리고,

혼란스런 도깨비불은   3910

점점 늘어나며 부풀어만 가는구나.

메피스토펠레스

내 옷자락을 꼭 잡으시오!

여기는 중턱쯤 되는 봉우리로,

마몬 님이* 산중에서 얼마나 빛나는지,

모두들 보고 놀라는 곳이외다.   3915

파우스트

먼동이 틀 때처럼 불그레하고 희미한 빛이

---

* 마몬은 여기서는 황금의 뜻으로 사용되고, 3933행에서는 악마들에게 불타는 황금맥으
로 궁전을 지어준 지옥의 황금의 신으로 나타남.

저 깊은 계곡에 정말로 이상스레 빛나고 있구나!

그리고 그 빛은 깊고 깊은 심연의

목구멍까지 은은하게 비춰주고 있구나.

저기엔 증기가 피어오르고, 김이 서리기도 하며,   3920

여기에선 해미와 안개 속에서 화염이 빛나고 있다.

그 화염은 가냘픈 실처럼 살금살금 기어가기도 하고,

그 다음엔 샘물처럼 솟아오르기도 하는구나.

여기서는 수많은 광맥을 이루어

계곡을 온통 감돌아들기도 하고,   3925

저기서는 비좁은 구석에 몰려

갑자기 따로 떨어져 있기도 한다.

그 가까이에서 이산(離散)하는 불꽃들은

마치 황금 모래알을 뿌려놓은 것과 같다.

그런데 저걸 보라! 저 바위절벽엔   3930

밑에서 꼭대기까지 온통 불이 붙었구나.

메피스토펠레스

오늘의 축제를 위해 온 궁전을

마몬 님께서 화려하게 불 밝혀놓은 게 아니겠습니까?

당신이 저걸 구경하다니, 정말 복받은 것이외다.

벌써 미친 듯 날뛰는 손님들이 몰려드는 느낌입니다.   3935

파우스트

회오리바람이 공중에서 미친 듯 휘몰아치는구나!

몹시도 심악스레 내 목덜미를 후려치고 있구나!

메피스토펠레스

　　암벽의 늙은 갈비뼈를 꽉 붙잡도록 하시오.

　　그러지 않으면 심연의 무덤 속으로 날아가버릴 것이외다.

　　안개가 피어올라 밤을 더욱 짙게 하는군요.　　　　　　　　　3940

　　산림이 얼마나 와지끈거리는지 들어보시오!

　　부엉이 놈도 질겁해서 날아가버리는군요.

　　들어보시오, 영원히 푸르른 궁전의

　　기둥들이 산산이 부서져나가는 소리를요.

　　가지들도 우지직 부러지는군요!　　　　　　　　　　　　　　3945

　　나무둥치들도 꽝꽝히 소리내며 쓰러집니다!

　　뿌리들은 삐걱삐걱하며 입을 딱 벌리고 있고요!

　　무시무시하게 헝클어져 쓰러지며

　　모든 것이 뒤죽박죽 비명을 지르고 있소이다.

　　그리고 부서진 파편들로 가득 찬 골짜기에는　　　　　　　　3950

　　바람소리만 윙윙거리며 울부짖고 있습니다.

　　저 높은 곳에서 울려오는 소리가 들립니까?

　　저 멀리에서, 그리고 가까이에서 들리는 소리두요?

　　그렇소이다. 미친 듯 날뛰는 마술의 노랫소리가

　　이 산중을 온통 뒤흔들며 울려퍼지고 있소이다!　　　　　　3955

마녀들 합창

　　마녀들 브로켄 산에 모여드니,

　　그루터기는 노란색, 묘목은 초록색.

　　거기에 굉장한 무리 모여 있는데,

우리안* 두목이 상좌에 앉으시네.

돌뿌리 나무뿌리 넘어서 오니,　　　　　　　　　3960

마녀는 방○를 뀌고, 숫염소는 똥냄새 풍기누나.

목소리

바우보** 할멈은 혼자 오는데,

새끼 밴 어미돼지 타고 오신다.

합창

존경받을 사람은 존경해야지!

바우보 할멈 앞장서서, 안내하시라!　　　　　　3965

당당한 돼지에다 그 위에 탄 어머니,

그러기에 마녀들 모조리 뒤따라간다.

목소리

넌 어떤 길로 왔니?

목소리

　　　　　　일젠슈타인을*** 넘어왔지!

그때에 올빼미 보금자리를 들여다보았지.

두 눈을 부릅뜨고 있더라!

목소리

　　　　　　아이고, 지옥으로나 꺼져라!　　　　3970

---

* 성명 미상의 사람을 부르는 이름으로, 여기서는 악마 사탄의 이름으로 쓰였음.
** 마녀의 이름. 그리스 신화에서는 딸을 잃고 비탄에 빠진 데메테르를 음탕한 재담으로
위로코자 했던 하녀의 이름이었으나, 여기서는 음탕한 마녀들의 지도자로 나타남.
*** 일젠부르크 근방의 일제 계곡에 돌출해 있는 암벽들.

넌 어찌하여 그렇게 빨리 달려가는가!

목소리

그년이 날 살갗이 까지도록* 꼬집었소.

여기 이 상처 좀 보시오!

마녀들 합창

길은 드넓고, 갈 길은 먼데,

왜 미친 듯 밀쳐대며 야단인가?　　　　　　　　3975

쇠스랑은** 찌르고, 빗자루는 할퀴고,

애새끼는 질식하고, 어미는 배 터진다.***

마녀 대장** 절반의 합창**

우린 껍질 쓴 달팽이처럼 엉금엉금 가는데,

계집들은 모조리 앞서 갔구나.

악마의 집을 찾아갈 때면,　　　　　　　　3980

계집들이 천 걸음이나 앞서 가니까.*****

나머지 절반

여자들이 천 걸음쯤 앞서 가는 것,

우리는 그런 따위 상관치 않네.

그것들이 제아무리 서두른다 해도,

---

* 혼잡스레 몰려드는 마녀들에 스쳐 살갗이 까진 것을 말함.

** 쇠스랑도 빗자루와 마찬가지로 마녀들이 타고 다니는 도구.

*** 과다히 밀어닥쳐 짓눌림으로 인해 임신했던 마녀들이 사산하는 상태를 말함.

**** 괴테는 '마녀'에 대립되는 개념으로 남성 마귀인 '마녀 대장'을 등장시키고 있음.

***** 여자들은 사려가 깊지 못하여 일단 악의 길로 들어서면 맹목적이 된다는, 여자에 대한 비방.

사나이는 한걸음에 따라가니까.[*]

목소리 (위에서)

같이 가자, 바위틈 늪에서 나와 같이 가자!

목소리들 (아래에서)**

우리도 높은 곳에 올라가고 싶어요.

날마다 몸을 씻어 그야말로 반짝반짝하지만,

우린 영원히 임신을 하지는 못한다오.

두 합창

바람은 잠자고, 별은 달아나며, 3990

침울한 달빛도 그 모습 감추네.

소란스런 마법의 합창 속에

무수한 불꽃이 뛰어오르네.

목소리*** (아래에서)

기다려! 기다려다오!

목소리 (위에서)

저기 바위틈에서 누가 부르는가? 3995

목소리 (아래에서)

나를 데려가다오! 날 데려가!

---

* 남자들이 사도(邪道)로 들어서면 여자보다 정도가 더욱 심하다는, 남자에 대한 비방.
** '위에서' 들리는 소리는 공중을 날고 있는 마녀들의 소리이고, '아래에서' 나는 소리는 완전한 마녀가 되지 못해 날 수가 없는 것들의 소리임.
*** 아직 마녀가 되지 못한 세 그룹의 존재들도 헛되이 마녀들 축제 행렬에 합류하려 함. 이는 바위틈 늪 속의 목소리들, 삼백 년째 오르고 있는 목소리, 그리고 반(半)마녀를 말하는데, 괴테는 이로써 동시대인들이나 시대상황을 풍자하려 했다는 해석이 있음.

난 벌써 삼백 년째 오르고 있지만,

봉우리까진 도달할 수가 없구나.

우리 패거리들과 함께 어울리면 좋겠는데.

두 합창

빗자루도 태워주고, 막대기도 태워준다.   4000

쇠스랑도 태워주고, 숫염소도 태워준다.

오늘도 오를 수 없는 자는,

영원토록 버림받은 놈이니라.

반(半)마녀 (아래에서)

전 오랜 세월 아장아장 따라가는데,

남들은 벌써 저렇게 멀리 가 있어요!   4005

가만히 집에 있어도 안절부절못하겠고,

그렇다고 여기에 와보아도 따를 수가 없어요.

마녀들의 합창

고약은* 마녀들에게 용기를 주나니,

넝마라도 돛으로 달 수 있고,

반죽통이라도** 훌륭한 배(船)가 된다.   4010

오늘 날지 못하는 자, 영원히 날지 못하리라.

두 합창

우리들 산봉우리 주위에 몰려들 때,

---

* 마녀가 비행할 때 빗자루나 쇠스랑에 바르는 연고인데, 마녀들은 이로 인해 날 준비가
되었음을 느낀다고 함.
** 반죽통도 마녀들이 타고 날아다니는 데 이용됨.

너희들 땅바닥을 기어가면서,

넓고도 아득한 황야를 뒤덮으려무나.

너희 떼지어 몰려드는 마녀들이여.　　　　　　　　　　4015

(마녀들, 앉아서 쉰다.)

메피스토펠레스

밀리고 밀치며, 덤벼대고 우당탕거린다!

식식거리고 빙빙 돌며, 잡아당기고 종알거린다!

빛나고 불꽃을 튀기며, 똥냄새를 풍기고 불타오른다!

이것이야말로 진정한 마녀들의 본성이로다!

날 꼭 잡으시오! 그러지 않으면 당장 떨어져버릴 거요.　　　4020

대체 어디 있나요?

파우스트 (멀리에서)

　　　　　　　　여기다!

메피스토펠레스

　　　　　　　뭐! 벌써 거기까지 밀려갔소이까?

이쯤 되면 집안의 권한을 행사할 수밖에 없겠구나.

비켜라! 볼란트* 공자께서 나가신다. 비켜라! 귀여운 것들아, 비켜라!

박사님, 여기요, 날 꼭 잡으시오! 그리고 이제 한번 펄쩍 뛰어,

이 혼란한 무리 속에서 빠져나가도록 합시다.　　　　　　4025

이건 나 같은 놈에게까지도 너무 미친 짓 같소이다.

저 옆에 뭔가 아주 특별하게 빛나는 것이 있군요.

---

* 유괴자를 뜻하는 악마의 옛 이름.

뭔가 저 수풀 있는 쪽으로 내 마음이 끌리는데요.

자, 가봅시다! 저 안으로 슬쩍 들어가봅시다.

파우스트

너 모순 덩어리 놈아! 좋다, 가보자! 어디로든 안내하라.　4030

그러나 내 생각해보니, 꽤나 영리한 척했구나.

발푸르기스의 밤에 브로켄 산을 찾아왔는데,

이제 와서 제멋대로 이런 곳으로 동떨어져 나오다니.

메피스토펠레스

얼마나 오색찬란한 불꽃인지 좀 보시오!

제법 신나는 패들이 함께 모여 있소이다.　4035

숫자가 적다고 해서 외로운 건 아니올시다.

파우스트

하지만 난 차라리 저 위쪽으로* 가보고 싶다!

벌써 작열하는 불길과 소용돌이치는 연기가 보이는구나.

저기 악령을 향해 수많은 무리가 몰려가고 있으니,

거기선 틀림없이 여러 가지 수수께끼가 풀릴 것이다.　4040

메피스토펠레스

그러나 여러 가지 수수께끼가 얽히기도 하지요.

커다란 세계는 그냥 떠들게 내버려두고,

우린 여기 이 조용한 곳에 자리를 잡읍시다.

커다란 세계 속에 조그만 세계를 만드는 것은,

---

* 발푸르기스의 밤의 절정으로서 마왕의 성대한 잔치가 벌어지는 곳을 의미함.

오래 전부터 전해오는 풍습이올시다.   4045

저기 젊은 마녀들은 온통 벌거벗고 있는데,

늙은 것들은 용하게 몸을 가리고 있는 게 보입니다.

나를 봐서라도 좀 친절하게 대해주시오.

조금만 애를 쓰면, 즐거움은 클 것이외다.

무슨 악기 울리는 소리가 들리는군요!   4050

망할 놈의 소리로군! 우선 거기에 익숙해져야겠소.

자, 갑시다! 함께 갑시다! 다른 도리가 없소이다.

내가 먼저 가서 당신을 끌어들여,

새로운 인연을 맺어드리리다.

어떻소이까? 절대로 작은 장소가 아니올시다.   4055

자, 한번 보시오! 끝이 안 보일 지경이오.

수백 개의 불이 줄지어 타고 있소이다.

춤추고 떠들어대고, 요리하고 술 마시고 사랑을 하고,

말해보시오, 이보다 더 좋은 곳이 어디 있겠소?

파우스트

그런데 우리가 여기에서 한몫 끼려면,   4060

넌 마술사 노릇을 할 것인가, 악마 노릇을 할 것인가?

메피스토펠레스

난 신분을 감추고 다니는 일에 익숙하지만,

이런 축제일엔 그래도 훈장을 내보이고 싶어한답니다.

양말 대님쯤으론* 날 역력히 드러낼 수가 없지만,

말발굽만은 여기 이 집안에서 대단한 존경을 받지요.   4065

저기 달팽이가 보입니까? 이쪽으로 슬슬 기어오는데,

저놈의 더듬거리는 촉각으로

벌써 내게서 무슨 냄새를 맡은 모양입니다.

아무리 해도 여기서는 내 정체를 숨길 수가 없소이다.

자, 갑시다! 이 불에서 저 불로 돌아다녀봅시다.   4070

나는 중매쟁이고, 당신은 구혼자올시다.

(꺼져가는 숯불 주위에 둘러앉아 있는 몇 사람에게)

노인장들, 이런 한쪽 구석에서 무얼 하고 계시나요?

당당하게 저 한가운데로 썩 나가시어,

떠들썩하게 놀아나는 젊은 것들 사이에 끼는 게 좋겠습니다.

외롭게 혼자 있는 건 누구나 집에서도 할 수 있으니까요.   4075

장군**

누가 국민을 믿고 싶겠소.

그들을 위해 그렇게도 많은 공을 세웠는데,

백성들이란, 마치 여자들과 같아서,

언제나 젊은 놈들만 최고로 추어올린단 말이오.

장관

요즘 사람들은 정도(正道)에서 너무 벗어나고 있어요.   4080

난 선량했던 옛사람들을 칭송하고 싶답니다.

---

* 양말대님 훈장. 1350년에 시작된 영국 최고의 훈장으로, 흑청색의 비로드 리본을 황금 쇠로 왼쪽 무릎 아래에 달고 다님.
** 장군, 장관, 벼락부자 등은 프랑스 혁명에서 추방되어 유럽 각지에 유랑하던 자들로, 이들은 모든 일에 불만스러워하고 있었음.

물론 우리가 모든 일에 관여하고 있던,

그때가 진정 황금시절이었기 때문이지요.

벼락부자

우리는 사실 멍청하지는 않았지만,

때로는 해서는 안 되는 일도 했답니다.   4085

그러나 막 한몫을 단단히 잡으려는 판국에,

모든 것이 홀랑 뒤집어지고 말았습니다.

저술가*

요즈음에 와서 도대체 어느 누가,

비교적 현명한 내용이 담긴 책을 읽으려 한단 말이오!

게다가 요사이 젊은 놈들을 두고 말하자면,   4090

이처럼 시건방지게 굴어본 때가 없었지요.

메피스토펠레스 (갑자기 아주 늙은 모습으로 나타난다.)

내가 마지막으로 이 마녀들 산에 올라와보니,

이 군중에게 최후 심판의 날이 다가온 것 같소이다.

내 술통의 술이 탁하게 흘러나오는 것을 보니,

이 세상도 다 기울어진 모양입니다.   4095

고물상 마녀

여러분, 그냥 그렇게 지나가지 마세요!

이런 좋은 기회를 놓치시면 안 돼요!

우리 집 상품을 주의 깊게 살펴보시면,

---

* 케케묵은 계몽주의적 책을 쓰는 저술가에 대한 조소.

정말로 오만 가지 물건이 다 있답니다.

이 세상 어느 것과도 비길 수 없는,   4100

우리 집 상점 안에는 어느 하나도,

인간과 세상에 대해 크나큰 화를

입히지 않은 물건이란 하나도 없습니다.

여기엔 피를 흘려놓지 않은 비수도 없고,

아주 건강한 육신에다가 그 생명을 빼앗는   4105

뜨거운 독약을 부어넣지 않은 술잔도 없으며,

사랑스러운 계집을 유혹하지 않은 패물도 없고,

굳게 맺은 약속을 깨뜨리지 않았거나,

상대방을 등뒤에서 찌르지 않은 칼도 없답니다.

메피스토펠레스

아주머니! 당신은 세상물정을 잘 모르십니다.   4110

행해진 것은 지난 일이고, 지난 것은 행해진 일이오!

좀 새로운 것들을 내놓도록 하시오!

새로운 것들만이 우리의 마음을 끌 것이외다.

파우스트

나 정신이나마 잃지 않았으면 좋겠구나!

이건 마치 대목장이라도* 열린 것 같군!   4115

메피스토펠레스

전체의 무리가 위로만 올라가려 하는군요.

당신은 밀고 있다고 생각하지만, 실은 밀리고 있는 겁니다.

---

* 괴테는 프랑크푸르트나 라이프치히에서 소란스런 대목시장을 여러 번 체험함.

파우스트

대체 저게 누구냐?

메피스토펠레스

자세히 보십시오!

릴리트올시다.*

파우스트

누구라고?

메피스토펠레스

아담의 첫번째 부인 말이오.

저 여자의 아름다운 머리카락을 조심하시오.   4120

그녀가 유일하게 자랑으로 여기는 보물이올시다.

그것으로 젊은 남자를 휘감아 손아귀에 넣으면,

쉽사리 다시 풀어주질 않는답니다.

파우스트

저기 둘이 앉아 있구나, 늙은 여인과 젊은 여자가.

벌써 어지간히 춤을 추어댄 모양이구나!   4125

메피스토펠레스

오늘은 휴식이 없는 날이외다.

춤이 새로 시작되는군요. 자, 가서 한바탕 춰봅시다!

파우스트 (젊은 마녀와 춤을 추면서)

언젠가 나는 멋진 꿈을 꾸었지.

---

* 릴리트는 고대 랍비 전설에 따르면 아담의 첫번째 부인으로, 남편과 싸운 후 헤어져서
우두머리 악마의 정부(情婦)가 되고, 그녀 자신도 마귀가 되었다고 함.

사과나무 한 그루 꿈속에 보았는데,

예쁜 사과 두 개가* 반짝였지. 4130

너무나 내 마음 끌기에 올라가보았네.

예쁜 마녀

이미 천국에 살던 때부터,

당신네는 사과를 탐냈어요.

내 정원에도 그런 사과 열렸으니,

너무나 즐거워 부들부들 떨려요. 4135

메피스토펠레스 (늙은 마녀와 더불어)

언젠가 나는 황량한 꿈을 꾸었지.

찢어진 나무 한 그루 꿈속에 보았는데,

그 나무에 ○○(구멍)이 하나 뚫렸었지.

○○(크기)는 했어도 내 마음에 들었네.

늙은 마녀

말발굽 달고 있는 기사님에게 4140

온갖 정성 다하여 인사드려요!

그대 그 ○○(구멍)이 싫지 않으시면,

알맞은 ○○(마개)를 준비하세요.

궁둥이 관령술자(觀靈術者)**

이 저주받을 놈들아! 대체 무슨 짓들을 하는 거냐?

---

* 여자의 유방에 대한 시적 비유로. 여기서는 이브가 아담에게 따준 인식의 나무 열매와
도 연관시키고 있음.

** 괴테는 이 '엉덩이로 영을 보는 사람'이란 뜻의 합성어로 자신의 『젊은 베르테르의 슬

도깨비가 온전한 다리로 걸어다니지 못한다는 것은, ₄₁₄₅

이미 오래 전에 증명되지 않았더냐?

그런데도 네놈들은 다른 우리 인간들처럼 춤을 추다니!

예쁜 마녀 (춤을 추면서)

저이는 무도회에 와서 어쩌자는 건가요?

파우스트 (춤을 추면서)

괜찮아! 저놈은 어디나 참견이지.

다른 사람들이 춤추는 모습을 보고 비평이나 하는 놈이야. ₄₁₅₀

그자가 잔소리를 해대지 않는 스텝이란,

그건 밟아보지 않은 스텝이나 마찬가지란 거야.

춤추며 앞으로 나아가는 것이 저놈에겐 가장 질색이야.

그러나 낡아빠진 물방아가*** 돌아가듯,

한 군데서 원을 그리며 빙빙 돌기만 하면, ₄₁₅₅

여하튼 그런 것을 좋다고 하는 거야.

정중하게 인사라도 한다면, 특별한 평을 받기도 하지.

궁둥이 관령술자

아직도 여기 있다니! 그래, 그건 있을 수 없는 일이다!

빨리 꺼져버려라! 그렇게 계몽을 시켜주었는데도!

도깨비 무리란 법칙도 무시하는 놈들이로구나. ₄₁₆₀

품』을 매도한 계몽주의자 프리드리히 니콜라이를 풍자하고 있음. 니콜라이는 유령이나
환각을 뇌의 울혈(鬱血)로 여기며 궁둥이에 거머리를 붙여 방혈(放血)함으로써 치료할
수 있다고 했는데, 괴테는 이런 사실과 니콜라이의 계몽벽을 조소한 것임.
*** 니콜라이가 『일반적 독일도서목록』지(誌)를 펴내던 묄레(물방아)라는 출판사를 뜻
하는데, 이는 니콜라이의 지루한 저작들을 비꼬는 것임.

우리가 이렇게 개명했는데도, 테겔 지방에 마귀가 출몰하다니.[*]

그다지도 오랜 세월 동안 미신을 쓸어버리려 했는데,

아직 깨끗해지지 않았으니, 이건 정말 있을 수 없는 일이로다!

예쁜 마녀

우리 흥을 깨뜨리는 소릴랑은 그만 집어치우세요!

궁둥이 관령술자

너희 도깨비들 얼굴에다 대고 말하건대,   4165

도깨비의 독재적 통치를 난 견딜 수가 없다.

그리고 내 정령은 그러한 짓을 할 수도 없느니라.

(모두가 계속하여 춤을 춘다.)

오늘은 아무런 일도 제대로 될 것 같지 않구나.

그러나 여행기만은^{**} 언제나 가지고 다니니,

마지막 발걸음을 내딛기 전에 어떻게 해서든지,   4170

악마와 작가들만은 혼을 내주고 말아야겠다.

메피스토펠레스

저놈은 곧 시궁창에 주저앉을 것이오.

그렇게 기분을 푸는 것이 저놈의 방식이지요.

그래서 거머리가 저놈의 궁둥이 피를 빨아먹으면,

놈은 도깨비들과 정령으로부터 해방되는 것이지요.   4175

(춤추는 데서 빠져나온 파우스트에게)

---

* 니콜라이는 베를린 근교의 테겔에 있는 훔볼트 가(家)의 성에 마귀가 출몰했다는 소문을 반박함.

** 니콜라이가 1783~96년에 열두 권으로 출판한 『독일과 스위스 여행기』에 대한 풍자.

춤을 추면서 그렇게도 귀엽게 노래 부르던,

저 예쁜 계집애를 왜 달아나게 그냥 놔두지요?

파우스트

에이, 더러운 것! 노래를 한창 부르고 있는데,

빨간 쥐새끼 한 마리가 입 안에서 튀어나왔단 말이다.

메피스토펠레스

그거 진짜로군! 심각하게 여길 것 없소이다.   4180

그 쥐새끼가 회색이 아니라서 다행이로소이다.

한창 재미 보는 순간에 누가 그런 걸 따지겠소이까?

파우스트

그 다음 내가 본 것은—

메피스토펠레스

뭐지요?

파우스트

메피스토야, 저기에

창백하고 예쁜 아이가 홀로 멀리 서 있는 게, 너도 보이느냐?

그 자리에서 천천히 밀고 가는 것으로 보아,   4185

저 여자는 두 발이 묶인 채 걷는 것 같구나.

솔직히 말하자면, 난 저애가

그 착한 그레첸 같다는 생각이 드는구나.

메피스토펠레스

내버려두시오! 누구에게도 좋을 게 없소이다.

저건 마술의 영상이오. 생명 없는 환상이라오.   4190

저런 것과 부딪치면 좋을 게 없습니다.

저 마비된 눈길을 보면 인간의 피가 굳어지고,

잘못하다간 돌로 변해버릴 것입니다.

당신도 메두사에* 관한 이야기를 들었을 것이오.

파우스트

정말이지, 저건 사랑하는 사람의 손이,　　　　　　　　4195

감겨주지 않은 죽은 여인의 눈길이로다.

저건 그레첸이 내게 바쳐주었던 젖가슴이다.

그리고 저건 내가 즐겼던 달콤한 육체로구나.

메피스토펠레스

저건 마술이오. 걸리기도 잘하는 바보양반아!

저 계집애는 누구에게나 자기 애인처럼 보이니까 말이외다.　　4200

파우스트

이 무슨 환희인가! 이 무슨 고통이란 말인가!

나는 저 눈길로부터 헤어날 수가 없구나.

저 아름다운 목을 단 하나의 빨간 끈으로**

단장하고 있으니, 참으로 이상스럽기도 하구나.

칼등만큼도 넓지 않은 끈으로 말이다!　　　　　　　　4205

---

* 그리스 신화의 세 자매 괴물 중 하나로 페르세우스에게 목이 잘렸는데, 이를 보는 사람
은 공포 때문에 돌로 변했다고 함.

** 영아를 살해한 여자는 목이 잘리는 형을 받는데, 유령이 된 후에도 빨간 끈과도 같은
칼자국 표식을 달고 있다고 함.

메피스토펠레스

옳은 말씀이오! 내게도 그렇게 보이는군요.

저 계집은 대가리를 팔에 끼고 다닐 수도 있답니다.

페르세우스가* 그 목을 잘라버렸으니까요—

늘 그런 환상만 즐겨 해서 되겠소이까!

자, 이 작은 언덕을 올라가봅시다.   4210

여기는 프라터만큼이나** 재미있는 곳이외다.

내가 잘못 본 것이 아니라면,

제대로 연극도 구경할 수 있을 것이오.

어이, 거기 뭐가 있나?

안내원

　　　　　　다시 곧 시작합니다.

새로운 것인데, 일곱 편 중 마지막 작품입니다.   4215

그처럼 많이 보여드리는 게*** 이곳의 풍습이지요.

작품을 쓴 자도 아마추어이고,

연극하는 자들도 아마추어입니다.

미안합니다만, 여러분, 나도 잠깐 물러가야겠나이다.

나도 아마추어로, 막 올리는 역할을 하고 있지요.   4220

---

* 제우스의 아들로 메두사의 목을 잘랐다는 그리스 전설의 인물.
** 오스트리아의 빈 교외에 있는 환락 공원.
*** 저속한 관중은 작품의 질이나 내용은 따지지 않고, 그저 작품 수가 많으면 만족하는 데 대한 풍자.

메피스토펠레스

브로켄 산에서 너희들을 만나게 되다니,

그것 참 잘됐다. 너희는 이곳에 잘도 어울리니 말이다.

발푸르기스의 밤의 꿈
혹은 오베론과 티타니아의* 금혼식

막간극(幕間劇)

무대주임

오늘 우리 한번 놀아보세,

미딩의** 훌륭한 제자들이여.

해묵은 산과 축축한 골짜기,   4225

이것이 전부 우리 무대일세!

선전주임

금(金)이라는 혼인예식은

오십 년이 지나야 치르는데,

부부싸움 모두 다 지나고 나니,

그 금이 나는 더욱 좋구나.   4230

---

* 셰익스피어의 『한여름 밤의 꿈』에 나오는 요정의 나라의 왕과 왕비. 이들은 인도에서 온 소년 때문에 부부싸움을 하여 별거하다가 동경과 사랑으로 인해 다시 화해하여 금혼식을 올리게 됨.
** 미딩은 바이마르 아마추어극장의 무대주임으로 괴테의 훌륭한 조수.

오베론

정령들아, 너희 가까이에 있으면,

이 순간 모두들 모습을 나타내어라.

왕과 왕비께서, 새로이

기약을 맺으시는 자리이니라.

퍽*

퍽이 와서 멋지게 한 바퀴 돌고   4235

미끄러지는 스텝으로 줄지어 나가는데,

수백 명이 그 뒤를 따르며,

그와 더불어 즐기고자 하노라.

에어리얼

천상의 맑은 목소리로

에어리얼이** 노래를 불러줍니다.   4240

그 소리에 끌려 못난이도 몰려들지만,

아름다운 자들도 유혹해온답니다.

오베론

부부간에 금실 좋게 지내려는 자,

우리 두 사람의 본을 받아라!

두 사람이 사랑을 해야 한다면,   4245

헤어져서 살아볼 필요가 있다.

---

*『한여름 밤의 꿈』에 나오는 오베론의 익살스런 요정.

** 셰익스피어의 『폭풍우』에 나오는 공기의 요정으로 알려져 있음.

티타니아

남편이 화를 내고 아내가 뾰로통하면,

재빨리 두 사람 잡아가지고,

여자는 남쪽으로 보내버리고,

남자는 북쪽 변방으로 보내는 게 좋아요! 4250

관현악 연주 (최강음으로)

파리 주둥이와 모기의 코,*

그리고 그들의 일가친척들,

나뭇잎의 개구리와 풀숲의 귀뚜라미,

이것이 우리의 연주자들입니다!

독창

보아라, 저기 풍적(風笛)이 온다! 4255

저것은 비눗방울이로구나.**

납작한 코 속에서 나오는

슈네케슈니케슈나크 소릴 들어보세요.

갓 형성된 정령

거미 다리에 두꺼비 배때기,***

그런 미물에 날개까지 달렸구나! 4260

이런 작은 짐승 있을 리 없지만,

---

* 축제 행렬을 위해 관현악을 연주하며 스스로를 서술하고 있는데, 파리와 모기, 개구리
와 귀뚜라미 등이 울어대는 소리로 연주자 역할을 함.

** 개구리의 별명일 것임.

*** 이런 괴물은 높은 이상을 추구해도 결국 사소하고 저속한 것에서 헤어나지 못하는
작가들에 대한 조롱.

그래도 시(詩)의 세계엔 존재하노라.

젊은 한 쌍

종종걸음과 뛰는 걸음으로

달콤한 이슬과 향기를 헤치고 간다.

너 아무리 아장아장 달려가도,   4265

하늘 높이 날아오르진 못하리라.

호기심 많은 나그네*

이건 가면무도회 장난이 아닌가?

내 두 눈을 믿어도 좋을까.

아름다운 신 오베론님을

오늘 여기에서 뵙게 되다니!   4270

정통파 신자**

발톱도 없고 꼬리도 없다!

하지만 의심할 여지도 없이,

그리스 신들과 마찬가지로,

저놈 역시 마귀가 틀림없구나.*****

북방의 화가*********

내가 붙들고 있는 건 오늘날까진,   4275

물론 하나의 스케치에 지나지 않는다.

---

* 미와 추는 서로 조화할 수 없다고 주장하는 니콜라이를 비꼰 이름.

** 기독교적인 신앙심에서 프리드리히 실러의 『그리스의 신들』을 공격했던 레오폴트 폰 슈톨베르크 백작을 지칭함.

*** 정통파 신자의 관점에서는 오베론 역시 하나의 마귀.

**** 북방의 예술가는 남방의 고전예술을 배워야만 진정한 예술가가 된다고 함.

그러나 언젠가는 기회를 잡아,

이탈리아 여행을 준비하리라.

정화주의자*

아아! 불행하게도 이런 곳엘 왔구나.

여긴 정말로 방탕한 곳이로다! 4280

이곳 모든 마녀들의 무리 중에서

분을 발라 단장한 건 둘뿐이로다.

젊은 마녀**

화장을 하고 옷차림을 꾸미는 것은

늙어서 백발이 된 할멈이나 할 짓이에요.

그래서 난 벌거벗은 채 숫염소 등에 앉아 4285

포동포동한 내 육체를 자랑하지요.

늙은 귀부인***

우리는 행실이 너무나 단정하여,

여기서 너희들과 입씨름은 않겠다만,

너희들 육체가 젊고 보드랍다고 하는데,

있는 그대로 썩어버렸으면 좋겠구나. 4290

악장(樂長)

파리 주둥이와 모기의 코,

벌거벗은 여자에게 몰려들지 말라!

---

* 자연 그대로를 싫어하는 인위적 예술가로 깨끗하게 정화된 것을 좋아함.
** 자연주의적 작가에 대한 풍자.
*** 형식과 체제를 지키는 보수적 형식주의자에 대한 풍자.

나뭇잎의 개구리와 풀숲의 귀뚜라미,

너희들도 박자 좀 맞추도록 하라!

풍향기 * (한쪽을 향하여)

소망할 만한 아가씨들이다. ** 4295

정말로 훌륭한 신붓감들이로다!

젊은 총각 여러분도 하나하나,

앞날이 창창한 신랑감이로다.

풍향기 (다른 쪽을 향하여)

이 대지가 입을 크게 벌려,

저놈들을 모조리 삼켜버리지 않는다면, 4300

차라리 내가 빨리 달음박질쳐서

곧장 지옥으로 뛰어들고 싶구나.

크세니엔*

작고 날카로운 집게발을 가지고,

우린 곤충의 모습으로 찾아왔지요.

우리의 아빠 마왕님에게, 4305

지당한 인사를 올리려고요.

헤닝스**

보라, 저놈들 빽빽이 무리지어

---

* 바람이 부는 대로 젊은 마녀 또는 늙은 귀부인에 아부하는 팔방미인으로 악장 겸 문필가였던 라인하르트를 풍자한 것임.

** 젊은 나체의 마녀들을 뜻함.

*** 괴테와 실러가 쓴 동시대의 문인과 철학자를 매도한 풍자적 2행 시집.

**** 『크세니엔』을 비난했던 덴마크의 문필가 아우구스트 폰 헤닝스에 대한 풍자.

순진한 척 농(弄)질하고 있는 모습을!

저러고도 마지막에 말하기를,

자기네는 마음이 착하다고 하겠지. 4310

무사게트*

난 이 마녀들 대열에 한몫 끼어

자신을 잃도록 놀아보고 싶구나.

물론 나는 뮤즈를 다루는 것보다,

마녀들 이끄는 법을 잘 알고 있으니까.

전(前) 시대정신**

훌륭한 놈들과는 무엇이든 이루게 된다. 4315

자, 이리 와서 내 옷자락을 꼭 잡아라!

브로켄 산은 독일의 파르나스처럼,***

산봉우리가 상당히 넓으니까 말이다.

호기심 많은 나그네

이봐요, 저 무뚝뚝한 남자는 누군가요?

걸음걸이가 제법 거만하군요. 4320

그자는 캐낼 수 있는 것은 캐내는 놈이라오.

"예수회의 흔적을 냄새 맡고 다닌다"****는 거요.

---

* 원래는 아폴론의 별명으로 뮤즈의 영도자. 헤닝스는 1798~99년에 『그 시대정신의 동반자 무사게트』란 시집을 출간함.
** 헤닝스는 『시대정신』이란 잡지의 편집자인데, 1800년부터는 그 제목이 『19세기 정신』으로 바뀜. 여기서는 옛날의 제목에 '이전의'라는 뜻을 지닌 프랑스어를 붙임.
*** 그리스 신화의 아폴론과 뮤즈들이 정좌해 있는 곳.
**** 계몽주의자 니콜라이를 빗댄 말. 그는 모든 종교적인 것을 반대하고, 예수회적 요소나 영향을 캐내고 이를 반박함.

두루미*

난 맑은 물에서 고기 잡기를 좋아하지만,

흐린 물에서 잡기도 하지요.

그러기에 당신들은 매우 경건한 양반이   4325

악마들과 어울리는 모습도 보게 되는 것이라오.

세속인**

그래, 신앙적으로 경건한 사람들에겐,

세상만사가 하나의 방편에 불과할 것이오.

그래서 이곳 브로켄 산에서까지도 그들은

여러 가지 비밀회합을 한단 말이오.   4330

춤추는 무리

저기 새로운 합창단이 오는 모양이지?

멀리서 북 치는 소리가 들려오는군.

방해하지 마시오! 저건 갈대밭 속에서

합창을 하고 있는 왜가리들이라오.***

댄스 교사

저마다 다리를 잘도 들어올린다!   4335

능력껏 잘 보이려 애쓰는구나!

꼽추는 깡충깡충, 뚱보는 뒤룩뒤룩,

---

* 괴테가 젊은 시절에 친하게 지내던 요한 카스파 라바터를 가리킴. 그는 작품이나 언행
에서 군자인 척하면서 가끔 그와 모순되는 짓을 했기 때문에 맑고 흐린 물에 사는 두루
미에 비유됨.

** 이는 괴테 자신을 말함.

*** 동음(同音)을 내는 왜가리들은 자기 주장만 내세우려는 철학자 집단에 대한 풍자.

제 꼴이 어떤지는 상관하지 않는구나.

바이올린 주자

저 악당놈들은 서로를 증오하여,

나머지 숨길이 다할 때까지 싸우면서도,   4340

오르페우스의 칠현금에* 짐승들 모여들듯,

여기서는 풍적 소리에 맞춰 하나가 되는구나.

독단론자*

비판론이나 회의론을 내걸고 아무리 외쳐도,

나는 결코 혼란에 빠지지 않으리라.

악마도 틀림없이 그 무슨 존재일진대,   4345

그렇지 않다면 어찌 악마가 있을 수 있겠는가?

이상주의자

이번에는 상상력이 내 마음속에서

너무나 지나치게 활개를 치는구나.

정말로 이것이 내 모든 자아라면,

나도 오늘은 바보같이 되겠구나.   4350

현실주의자

존재란 정녕 나의 두통거리로,

---

* 그리스 전설에 따르면 오르페우스는 칠현금 연주로 나무와 바위, 야생짐승들까지 홀리
게 했다고 함.
** 발푸르기스의 밤에 벌어지는 마술과 마녀나 악마에 대하여, 독단론자는 이를 현실로
간주하고, 이상주의자는 자기 자아의 상상력의 유출로 간주하며, 현실주의자는 자신의
토대에 불안을 느끼고, 초자연주의자는 초자연계에 대한 입증으로 열광하며, 회의론자
는 이런 마적 존재를 회의함.

나를 무조건 괴롭히고 있구나.

나 여기에 처음으로 찾아와보니,

내 발밑이 확고하지 못함을 느끼겠구나.

초자연주의자

즐거운 마음으로 나 여기에 왔으며,   4355

이들과 더불어 흥겨워하는도다.

왜냐하면 악마들로부터 시작하여, 나는

선량한 정령들까지 아우를 수 있으니까.

회의론자

이놈들은 작은 불꽃의 뒤를 따라와서,

보물 가까이에 와 있다고 생각하는구나.   4360

악마(Teufel)에는 회의(Zweifel)가 운이 맞으니,

내가 이 자리에 온 것은 당연한 일이로다.

악장

나뭇잎의 개구리와 풀숲의 귀뚜라미,

저주받을 아마추어 놈들이로다!

파리 주둥이와 모기의 코,   4365

그래도 너희는 쓸 만한 연주자들이로다!

처세에 능한 자들*

천하태평, 이것이 우리들,

---

* 정치적 성향을 띤 새로운 집단으로서, 프랑스 혁명 시대에 처세에 노련하고 근심을 모르던 지적 인간들을 말함.

즐거운 친구들 모임의 이름이니라.

두 발로 다니는 시절이 지나갔기에,

이제 우리는 머리로 걸어다니느니라.　　　　　　　　　4370

궁핍한 자들*

이전엔 아첨으로 많이도 얻어먹었지만,

그러나 이제는 모두 다 틀려버렸어요!

우리들 신발은 춤으로 다 닳아버렸고,

이제는 맨발로 다니는 신세가 되었어요.

도깨비불**

우리는 처음 늪에서 생겨났는데,　　　　　　　　　4375

거기에서 이곳으로 찾아왔지요.

하지만 춤추는 대열에 끼자마자,

제법 번쩍거리는 멋쟁이가 되었다오.

유성***

별처럼 반짝이고 불처럼 빛나면서

나는 하늘 높은 곳에서 떨어져내렸어요.　　　　　　4380

지금은 풀숲에 가로누워 있는데, ―

누가 나를 도와 일으켜주시겠소?

뚱뚱보들[*]

비켜라, 비켜! 저만치 물러서라!
초목들도 이렇게 납작 엎드리니,
도깨비들 나가신다. 그 도깨비 역시   4385
뚱뚱한 팔다리를 달고 있단 말이다.

퍽

코끼리 새끼처럼 뚱뚱한 몸으로,
그렇게 우둔하게 나오지 마라.
오늘의 제일가는 뚱뚱보는
이 우악스런 퍽님뿐이로다.   4390

에어리얼

자비로운 자연과 성스런 정령이
너희에게 날개를 주셨나니,
나의 가벼운 발길을 따라,
저 장미의 언덕으로^{**} 올라오너라!

관현악 (아주 약하게)

흐르는 구름과 안개의 장막이^{***}   4395
위로부터 점점 밝아오누나.
나뭇잎과 갈대 사이 바람이 일어,
만물이 자취 없이 흩어졌구나.

---

* 앞의 정치적 성향의 인간들과 담판하려는 파괴적이고 혁명적인 군중을 뜻함.
** 비일란트의 『오베론』에는 이런 장미의 언덕에 요정의 성이 서 있음.
*** 에어리얼의 신호에 따라 정령들의 무리는 장미의 언덕으로 도망가고, 아침 여명과
더불어 발푸르기스의 도깨비들도 모두 사라짐.

흐린 날, 벌판*

파우스트, 메피스토펠레스

파우스트

비참하도다! 절망이로다! 가엾게도 오랜 세월 동안 이 세상을 방황하다가 이제 잡힌 몸이 되었구나! 그다지도 사랑스럽고 불행한 사람이 죄수로서 감옥에 갇혀 무시무시한 고통을 당하다니! 그렇게까지 되다니! 그렇게까지!—이 배반자놈, 아무짝에도 쓸모없는 악령놈아, 그런 사실을 이제까지 내게 5 숨겨왔던 것이로구나!—그렇게 우두커니 서 있기만 해라, 서 있어! 원망스럽다는 듯이 그 악마의 눈알을 네 대갈통 속에서 이리저리 뒤룩거리기나 해라! 그렇게 서서 네놈의 그 견딜 수 없는 모습으로 내게 반항해보라! 그녀가 감옥에 갇혀 있단 말이다! 돌이킬 수 없는 곤경에 빠져 있는 것이로다! 악령들의 10 손에 넘겨지고, 재판을 한다는 냉혹한 인간들에게 맡겨진 것이다! 그러는 동안 네놈은 날 구미에 당기지도 않는 소일거리에** 끌고 다니며, 날로 더해가는 그녀의 고통을 감쪽같이 숨긴 채, 아무런 도움도 주지 않고 그녀를 파멸하도록 내버려두었단 말이구나! 15

---

* 『초고 파우스트』에도 들어 있는 가장 일찍 씌어진 장면으로, 파우스트의 격정을 운율 형식으로 위축시키지 않기 위해, 유일하게 산문으로 남겨둔 부분.
** 발푸르기스의 밤의 축제와도 같은 구미에 당기지도 않는 소일거리.

메피스토펠레스

그애가 처음 당하는 것은 아니올시다.

파우스트

이 개자식아! 흉측스런 짐승놈아! ─무한한 정령이여!* 이놈
을, 이 버러지 같은 놈을 다시 개의 형상으로** 변신시켜다
오. 이놈은 그런 모습으로 야밤중에 내 앞을 이리저리 뛰어다
녔으며, 무심히 지나가는 나그네의 발치에서 뒹굴다가, 그 사   20
람이 쓰러지면 어깨를 물어뜯곤 하였도다. 이놈을 다시 제가
좋아하는 형상으로*** 변신시켜다오. 그러면 내 앞에서 모래
위에 배를 깔고 기어가겠지. 그때 난 그놈을 두 발로 짓밟아
주리라. 이 저주받을 놈을! ─그애가 처음이 아니라니! ─비
참한 일이로다! 비참한 일이로다! 인간의 마음으로는 전혀   25
이해할 수가 없구나. 이런 비참한 불행의 심연 속에 빠진 것
이 한 사람만이 아니라니! 영원히 용서하시는 하나님의 눈앞
에서 첫번째 사람이**** 굽이치는 죽음의 고통을 겪었는데도,
다른 사람의 잘못을 속죄할 수가 없었다니 말이다! 나는 이
단 한 여인의 슬픔만으로도 뼈와 살을 깎아내는 것 같구나.   30
그런데도 네놈은 수많은 사람들의 운명을 보면서도 태연하게
비웃고만 있다니!

---

* '밤' 장면에 나타나는 지령을 말함.
** 메피스토펠레스는 처음에 삽살개의 형상으로 나타났음.
*** 뱀의 형상을 말함.
**** 예수 그리스도를 의미함.

메피스토펠레스

우린 다시 또 지혜의 한계에 도달한 것이오. 당신네 인간들은
정신을 잃고 실성하게 될 것이외다. 끝까지 해낼 수도 없으면
서, 당신은 무엇 때문에 우리와 손을 잡았소이까? 날고는 싶   35
지만 현기증이 나서 자신이 없다는 것이오? 우리가 당신에게
달라붙었소, 아니면 당신이 우리에게 달라붙었소?

파우스트

그 탐욕스런 네놈의 이빨을 내 앞에 드러내지 말라! 구역질이
난다! ― 위대하고 장엄한 정령이여, 그대는 내게 그대의 모
습을 보여주었을 뿐만 아니라, 내 마음과 영혼을 잘 알고 있   40
을진대, 그런데 어찌하여 인간의 재앙을 보고 좋아하며, 파멸
을 보고 즐거워하는 이런 치욕스런 동료를 내게 붙여주었나
이까?

메피스토펠레스

말 다 했소이까?

파우스트

그녀를 구해내라! 그러지 않으면 요절을 내주겠다. 몇천 년을   45
걸고 네놈에게 가장 흉악한 저주를 퍼붓겠노라!

메피스토펠레스

나는 심판자가 묶어놓은 사슬을 풀 수도 없고, 그 빗장을 열
수도 없소이다 ― 그녀를 구해내라니요! ― 그 계집을 파멸로
몰아넣은 게 누구였소? 나요, 아니면 당신이오?

파우스트 (거친 눈초리로 주위를 휘둘러본다.)

메피스토펠레스

벼락이라도 붙잡으려는 것이오? 그런 것이 당신네 비참한 인 ⁵⁰
간들에게 주어지지 않은 게 다행이외다! 이렇게 순진하게 상
대해주는 자를* 박살내려 하다니. 그런 건 당황한 나머지 화
풀이를 해대는 폭군이나 하는 짓이라오.

파우스트

날 그곳으로 데려가다오! 그녀를 구해내야만 되겠다!

메피스토펠레스

당신이 당할 위험은 어쩌시고요? 시내에는 아직 당신이 저지 ⁵⁵
른 살인죄가 남아 있다는 걸 아셔야지요. 그 살해된 놈의 묘
지 위에는 복수의 영들이 떠돌며, 다시 돌아올 살인자를 기다리
고 있소이다.

파우스트

네놈 입에서 아직도 그런 소리가 나오느냐? 이 세상의 온갖
살인죄와 죽음의 저주를 뒤집어쓸 이 괴물 같은 놈아! 날 그 ⁶⁰
리로 데리고 가서, 그녀를 구해내란 말이다!

메피스토펠레스

데려다드리지요. 하지만 내가 뭘 할 수 있는지, 들어보시오!
내가 천상에서나 지상에서나 모든 권한을 가지고 있는 줄 아
시오? 나는 간수의 정신을 몽롱하게 해놓을 테니, 당신이 열
쇠를 빼앗아 인간의 손으로 그애를 구출해내도록 하시오! 파 ⁶⁵
수는 내가 보겠소이다! 마법의 말(馬)을 준비해놓았다가 당

---

* 메피스토펠레스 자신을 의미함.

신들을 도망치게 하겠소이다. 그게 내가 할 수 있는 일이외다.

파우스트

자, 떠나자!

밤, 광활한 벌판

파우스트와 메피스토펠레스, 검은 말을 타고 쏜살같이 달려간다.

파우스트

저것들은 저기 형장(刑場)* 근처에서 뭘 하고 있느냐?

메피스토펠레스

무엇을 끓이고 무엇을 만드는지 모르겠소이다.   4400

파우스트

떠올랐다 내려왔다, 고개를 숙였다 허리를 굽혔다 하는구나.**

메피스토펠레스

마녀들의 무리올시다.

파우스트

무엇을 뿌리고*** 축성을 드리기도 하는구나.

메피스토펠레스

그냥 갑시다! 그냥 지나가요!

———————————

* 그레첸의 교수형이 행해질 이곳 형장에는 시체 때문에 까마귀들이 몰려들었음.
** 미사드릴 때 제단 앞에서 하는 의식에 대한 암시.
*** 처형한 후에 흐른 피를 흡수시키기 위해 마녀들이 재나 모래를 뿌리는 것임.

감옥

파우스트 (열쇠꾸러미와 등불을 들고, 조그만 철문 앞에서)

오랫동안 잊었던 두려움이 나를 엄습하고,　　　　　　　4405

인류의 온갖 비애가 나를 사로잡는구나.

이런 축축한 담벼락 뒤에 그녀가 갇혀 있는데,

그녀의 죄란 한낱 선량한 망상에 불과하였다!

그런데 너는 그녀에게 가기를 주저하는구나!

그녀를 다시 만나는 것을 두려워하고 있다니!　　　　4410

어서 가자! 네가 망설이면 그녀의 죽음을 재촉할 따름이다.

(파우스트, 자물쇠를 잡는다. 안에서 노랫소리가 들린다.)

우리 엄마 창녀라서,

나를 죽여버렸네!

우리 아빠 악당이라,

나를 먹어버렸네!　　　　　　　　　　　　　　　4415

우리 작은 여동생

나의 뼈를 찾아다가,

시원한 데 묻었다네.

그래 나는 예쁜 숲새가 되어,

저 멀리 날아가네, 날아가네!*　　　　　　　　　4420

---

* 그림 형제의 『동화집』에 수록된 「노간주나무」에 나오는 민요. 그레첸은 자기 어린애를 죽인 것과 연관시켜 이 민요를 노래함.

파우스트 (자물쇠를 열면서)

저 아이는 자기 애인이 쇠사슬 찰칵거리는 소리를 듣고,

지푸라기 바스락거리는 소리에 귀 기울이는 것도 모르는구나.

(감옥 안으로 들어간다.)

마가레테 (짚으로 만든 자리에 몸을 숨기며)

아이고! 이를 어쩌나! 그들이 온다. 참혹한 죽음이!*

파우스트 (낮은 소리로)

조용! 조용해! 당신을 구하러 왔소.

마가레테 (그의 앞에 엎드리면서)

당신도 사람이라면, 제 고통을 헤아려주세요.   4425

파우스트

그렇게 소리 지르면 파수꾼이 잠을 깨겠어!

(쇠사슬을 잡고 그것을 풀려고 한다.)

마가레테 (무릎을 꿇고)

형리여, 누가 당신에게

날 죽이라는 권리를 주었단 말이에요!

한밤중에 벌써 나를 끌어내다니요.

제발 불쌍히 여겨 날 살려주세요!   4430

내일 아침이라도 시간은 충분하지 않겠어요?

(일어선다.)

---

* 그레첸은 정신착란으로 인하여 파우스트를 알아보지 못하고, 사형집행인이 온 것이라 생각함.

290

난 아직도 이렇게 젊어요, 이렇게 젊어요!

그런데 벌써 죽어야만 하다니요!

난 예쁘기도 했었는데, 그것이 화가 된 거예요.

다정한 분이 가까이 있었지만, 이젠 멀리 떠나버렸어요.   4435

화환은* 찢어지고, 꽃들은 흩어지고 말았고요.

날 그렇게 함부로 잡지 마세요!

날 좀 봐주세요! 내가 당신에게 무슨 잘못을 했나요?

제 애원이 헛되지 않도록 해주세요.

평생에 당신을 한 번도 뵌 일이 없었잖아요!   4440

파우스트

이 비참한 꼴을 어찌 견뎌낼 수 있으랴!

마가레테

이제 나는 완전히 당신 손에 달렸어요.

우선 아기에게 젖이나 좀 먹이게 해주세요.

밤새도록 이 아이를 품에 안고 있었는데,

날 괴롭히려고 사람들이 빼앗아갔어요.   4445

그러고는 내가 그애를 죽였다는 거예요.

난 결코 다시는 즐거워질 수 없을 거예요.

그들은 날 비방하는 노랠 불러대요! 정말 나쁜 사람들이에요!

어떤 옛날 동화가 그렇게 끝나고 있지만,

누가 그걸 풀이해달라고 했나요?   4450

---

* 순결한 처녀성에 대한 상징.

파우스트 (꿇어앉으며)

사랑하는 사람이 당신 발 아래 꿇어앉아,

이 비참한 노예 상태에서 당신을 구하려 하고 있소.

마가레테 (그의 옆에 꿇어앉으며)

오오, 우리 함께 꿇어앉아* 성자님들께 빌어요!

보세요! 이 계단 아래,

이 문지방 아래에는   4455

지옥이 들끓고 있어요!

마귀가

무섭게 분노하며,

요란한 소릴 내고 있어요!

파우스트 (큰 소리로)

그레첸! 그레첸!   4460

마가레테 (귀를 기울이며)

저건 그분의 목소리야!

(벌떡 일어난다. 쇠사슬이 땅에 떨어진다.)

그인 어디 계실까? 그이가 부르는 소릴 들었는데.

나는 살았어! 아무도 날 막지 못할 거야.

그분의 목으로 날아가서,

그이의 품에 안겨야지!   4465

그인 그레첸! 하고 불렀어. 저 문지방 위에 서 계셨어.

---

* 파우스트가 쇠사슬을 풀기 위해 꿇어앉은 것을 그레첸은 기도하려는 것으로 오해하고 있음.

지옥이 울부짖고 으르렁대는 속에서,*

성난 마귀들이 조롱하는 가운데서,

난 그이의 달콤하고 사랑스런 목소리를 들었어.

파우스트

나란 말이오!

마가레테

당신이로군요! 오, 다시 한번 말해주세요!   4470

(파우스트를 붙잡으며)

그이야! 그분이야! 온갖 고통은 어디로 사라졌나?

감옥의 공포는 어디로 갔나? 쇠사슬의 불안은?

당신이로군요! 나를 구하러 오셨군요!

이제 난 살았어요! ―

벌써 그 거리가 다시 보여요.   4475

당신을 처음 만났던 거리 말이에요.

그리고 즐거웠던 정원도요.

저와 마르테가 당신을 기다렸던 곳 말예요.

파우스트 (데리고 나가려고 애쓰면서)

자, 같이 가요! 같이 가요!

마가레테

잠깐만 머물러요!

전 정말 당신이 머무는 곳에 머물고 싶어요!   4480

---

* 지옥에 관한 이 말은 마태복음 제8장 12절을 연상시킴.

(그를 애무한다.)

파우스트

서둘러요!

만일 서두르지 않으면,

우린 비싼 대가를 치러야만 할 거요.

마가레테

왜 그러세요? 이젠 키스할 줄도 모르시나요?

당신, 잠시 떨어져 있었다고 해서,   4485

키스하는 것도 잊으셨나요?

당신 목을 끌어안고 있는데 왜 이리 두려울까요?

전에는 당신의 말씀을 듣고, 당신의 눈길을 받으면,

온 천국이 내려와 날 감싸주었는데,

그리고 당신의 키스를 받으면, 숨이 막힐 것 같았는데요.   4490

키스해주세요!

그러지 않으면 제가 하겠어요!

(파우스트를 끌어안는다.)

아이고, 슬퍼라! 당신의 입술은 차갑기만 하고,

말씀도 없으시군요.

당신의 사랑은 어디로   4495

가버렸나요?

누가 내 사랑을 빼앗아갔나요?

(그에게서 몸을 돌린다.)

파우스트

자, 갑시다! 날 따라와요! 용기를 내요!

나중에 천 배나 뜨거운 정열로 당신을 안아주겠소.

지금은 날 따라오기만 해요! 이 청만 들어줘요!   4500

마가레테 (파우스트를 향해 몸을 돌리고서)

그런데 이게 정말 당신인가요? 틀림없이 당신인가요?

파우스트

정말 나요! 자, 갑시다!

마가레테

당신은 사슬을 풀어주시고,

나를 다시 당신 품에 안아주시는군요.

날 꺼려하지 않으시다니, 어찌 된 일인가요? ―

여보, 당신은 대체 누굴 구해주는 건지 알기나 하세요?   4505

파우스트

자, 갑시다! 어서 가요! 벌써 날이 새고 있소.

마가레테

나는 어머니를 죽였고,

우리 아기를 물 속에 빠뜨렸어요.

그 아이는 당신과 내게 주어진 선물이 아니었나요?

당신께도요 ― 정말 당신이군요! 믿어지지가 않아요.   4510

손을 좀 줘보세요! 이건 꿈이 아니로군요!

그립던 당신의 손! ―아, 그런데 그 손이 축축하네요!

어서 닦으세요! 거기 묻은 것이,

피* 같아요.

아, 맙소사! 무슨 짓을 저질렀단 말인가!   4515

칼을 집어넣으세요,

제발 부탁이에요!

파우스트

지난 일은 지나간 것으로 해둡시다.

그 말을 들으니 죽을 것만 같아.

마가레테

아녜요, 당신은 살아남아야만 해요!   4520

당신에게 묏자리를** 일러드리겠어요.

내일이라도 곧

그걸 살펴봐주셔야겠어요.

어머니를 제일 좋은 자리에 모시고,

오빠를 바로 그 옆에,   4525

나는 좀 떨어진 곳에 묻어주세요.

하지만 너무 멀리 떨어지면 안 돼요!

그리고 아기는 내 오른쪽 가슴 쪽이고요.

그 밖엔 내 곁에 아무도 묻어선 안 돼요!

당신 곁에 몸을 맞대고 있었던 일은,   4530

내겐 정말 감미롭고 자비로운 행복이었어요!

---

* 그레첸의 오빠 발렌틴을 살해하여 생긴 피.

** 어머니와 오빠가 아직 매장되지 않은 것으로 여기며, 그레첸은 파우스트에게 묏자리를 설명하고 있음.

그러나 그런 일이 다시는 이루어지지 않을 거예요.

어쩐지 내가 당신에게 억지로 매달리는 것 같고,

당신이 나를 밀쳐버리는 것만 같아요.

하지만 당신이 틀림없고, 눈길도 여전히 다정하고 경건하세요. 4535

파우스트

내가 틀림없다는 것을 느낀다면, 어서 나갑시다!

마가레테

저 밖으로 말이에요?

파우스트

저 밖으로.

마가레테

밖에 무덤이 있다면,

죽음이 날 기다리고 있다면, 그럼 가겠어요!

여기에서 영원한 안식처로 가서, 4540

더이상은 한 걸음도 움직이지 않겠어요ー

당신 이제 떠나시나요? 오 하인리히, 함께 갈 수만 있다면!

파우스트

함께 갈 수 있소! 마음만 먹으면 돼! 문은 열려 있어.

마가레테

가서는 안 돼요. 내겐 아무런 희망도 없는걸요.

도망친다고 무슨 소용 있겠어요? 모두들 날 노리고 있는데요. 4545

걸식을 해야만 한다는 건 정말 비참한 일인데,

게다가 양심의 가책까지 받아야 하는걸요!

낯선 고장을 헤매고 다닌다는 것도 너무나 비참한 일인데,

그래도 결국 난 붙잡히고 말 거예요!

파우스트

내가 당신 곁에 머물러 있을 거요.   4550

마가레테

빨리요! 빨리 가세요!

당신의 불쌍한 아기를 구해주세요.

어서 떠나세요! 저 길로 계속

냇물을 따라 올라가세요.

징검다리를 건너,   4555

숲속으로 들어가면,

왼편에 널빤지가 서 있는데,

그 연못 속이에요.

빨리 그앨 붙잡으세요!

떠올라오려고,   4560

아직도 허우적거리고 있어요!

구해주세요! 구해주세요!

파우스트

제발 정신 좀 차려요!

한 걸음만 나가면, 당신은 자유란 말이오!

마가레테

이 산(山)만 좀 지나갔으면!   4565

저기 바위 위에 어머니께서 앉아 계시는데,

섬뜩하게 내 머리채를 잡아채는 것 같아요!

저기 바위 위에 어머니께서 앉아 계시는데,

머리를 흔들흔들하는 것 같아요.

눈짓도 안 하고, 고갯짓도 안 하시는데, 머리가 무거운가봐요. 4570

그렇게 오랫동안 주무시니, 깨어나질 못하시네요.*

우리가 재미를 볼 수 있도록 주무시고 계셨던 거예요.

그땐 참 행복한 시절이었어요!

파우스트

아무리 간청해도 소용없고, 타일러도 소용없으니,

당신을 안고서라도 나가야겠소.   4575

마가레테

놓으세요! 싫어요. 억지로 그러는 건 싫어요!

그렇게 죽일 듯이 날 잡지 마세요!

그 외엔 당신을 위해 모든 걸 기꺼이 해드렸어요.

파우스트

날이 새고 있소! 여보! 여보!

마가레테

날! 그래, 날이 새는구나! 마지막 날이 밝아오는군요.   4580

내 결혼식 날이 될 거예요!

아무에게도 그레첸 곁에 있었다고 말하시면 안 돼요.

---

* 수면제로 인한 마취에서 영영 깨어나지 못한 상태임.

화환은 찢어지고 말았어요!

일은 저질러진 거예요!

우린 다시 만나겠죠. 4585

하지만 춤추는 곳에선 싫어요.

군중들이 밀려와요.* 그들 소리는 들리지 않는데요.

광장에도, 골목길에도,

더이상 설 자리가 없어요.

종이 울리고, 막대기가 부러져요.** 4590

사람들이 나를 묶어 꽁꽁 동여매는군요!

벌써 참수대까지 끌려왔어요.

내 목에 떨어질 칼날이 벌써,

사람들 목을 향해 흔들거리고 있어요.

세상은 무덤처럼 고요하군요!*** 4595

파우스트

아아, 나 차라리 태어나지 않았더라면!

메피스토펠레스 (문 밖에 나타난다.)

떠납시다! 그러지 않으면 당신네는 끝장이오.

왜 쓸데없이 망설이는 거요! 우물쭈물 사설만 늘어놓다니!

---

* 그레첸은 자신이 처형장에 와서 참수대에 묶이고 있다고 착각하고 있음.
** 처형하는 동안에 사형 집행을 알리는 종이 울리고, 재판관은 사형선고의 최종 표시로 죄수의 머리 위에서 흰 막대기를 부러뜨려 발 앞에 내던지며, 죄수는 처형 의자에 꽁꽁 묶인 후 참수를 당하게 됨.
*** 처형이 이루어지고, 그레첸은 이제 세상이 무덤처럼 고요하다고 생각함.

내 말들이 떨고* 있소이다.

먼동이 트고 있단 말이오.   4600

마가레테

저 땅바닥에서 솟아오르는 게 무엇인가요?

저자예요!** 저자예요! 저자를 쫓아버리세요!

이 성스러운 곳에서*** 무슨 짓을 하려는 걸까요?

날 잡아가려는 거예요!

파우스트

                    당신은 살아야만 해!

마가레테

하나님, 심판하소서! 당신의 손에 절 맡기겠나이다!   4605

메피스토펠레스 (파우스트에게)

갑시다! 가요! 그러잖으면 그 계집과 함께 버려두겠소이다.

마가레테

아버지시여, 저는 당신의 것이옵니다! 구원해주소서!

천사들이여! 천상의 거룩한 무리들이여,

내 주위를 에워싸고, 나를 보호해주소서!

하인리히! 전 당신이 무서워요.   4610

메피스토펠레스

그애는 심판받았소!

---

* 마법의 말들은 날이 밝아오면 몸을 떨며 공중으로 사라짐.
** 메피스토펠레스를 가리킴.
*** 그레첸이 진정으로 참회하고 속죄했기 때문에 감옥은 성스러운 장소가 됨.

목소리 (위에서)

중앙 구원되었도다!

메피스토펠레스 (파우스트에게)

중앙 이리 나오시오!

(파우스트와 함께 사라진다.)

목소리 (안으로부터, 점점 작아지면서)

하인리히! 하인리히!

(2권으로 이어집니다)

문학동네 세계문학전집 발간에 부쳐

　세계문학은 국민문학 혹은 지역문학을 떠나 존재하는 문학이 아니지만 그것들의 총합도 아니다. 세계문학이라는 용어에는 그 나름의 언어와 전통을 갖고 있는 국민문학이나 지역문학의 존재를 인정하면서 그것을 넘어서는 문학의 보편적 질서에 대한 관념이 새겨져 있다. 그 용어를 처음 고안한 19세기 유럽인들은 유럽문학을 중심으로 그 질서를 구축했지만 풍부한 국민문학의 전통을 가지고 있는 현대의 문학 강국들은 나름의 방식으로 세계문학을 이해하면서 정전(正典)의 목록을 작성하고 또 수정한다.

　한국에서도 세계문학 관념은 우리 사회와 문화의 변화 속에서 거듭 수정돼왔다. 어느 시기에는 제국 일본의 교양주의를 반영한 세계문학 관념이, 어느 시기에는 제3세계 민족주의에 동조한 세계문학 관념이 출현했고, 그러한 관념을 실천한 전집물이 출판됐다. 21세기 한국에 새로운 세계문학전집이 필요하다는 것은 명백하다. 우리의 지성과 감성의 기준에 부합하는 세계문학을 다시 구상할 때가 되었다.

　문학동네 세계문학전집은 범세계적으로 통용되는 고전에 대한 상식을 존중하면서도 지난 반세기 동안 해외 주요 언어권에서 창작과 연구의 진전에 따라 일어난 정전의 변동을 고려하여 편성되었다. 그래서 불멸의 명작은 물론 동시대 세계의 중요한 정치문화적 실천에 영감을 준 새로운 작품들을 두루 포함시켰다.

　창립 이후 지금까지 한국문학 및 번역문학 출판에서 가장 전문적이고 생산적인 그룹을 대표해온 문학동네가 그간 축적한 문학 출판 경험을 바탕으로 새로운 세계문학전집을 펴낸다. 인류가 무지와 몽매의 어둠 속을 방황하면서도 끝내 길을 잃지 않은 것은 세계문학사의 하늘에 떠 있는 빛나는 별들이 길잡이가 되어주었기 때문이다. 우리가 자부심과 사명감 속에서 그리게 될 이 새로운 별자리가 독자들의 관심과 애정에 힘입어 우리 모두의 뿌듯한 자산이 되기를 소망한다.

문학동네 세계문학전집 편집위원
민은경, 박유하, 변현태, 송병선, 이재룡, 홍길표, 남진우, 황종연

세계문학전집 009

파우스트 1

1판 1쇄 2009년 12월 15일
1판 15쇄 2023년 4월 20일

지은이 요한 볼프강 폰 괴테 | 옮긴이 이인웅

책임편집 이은현 오동규 | 독자모니터 유중모
디자인 랄랄라디자인 송윤형 한충현 최미영 | 저작권 박지영 형소진 오서영
마케팅 정민호 김도윤 한민아 이민경 안남영 김수현 왕지경 황승현 김혜원 김하연
브랜딩 함유지 함근아 박민재 김희숙 고보미 정승민 배진성
제작 강신은 김동욱 임현식 | 제작처 영신사

펴낸곳 (주)문학동네 | 펴낸이 김소영
출판등록 1993년 10월 22일 제2003-000045호
주소 10881 경기도 파주시 회동길 210
전자우편 editor@munhak.com | 대표전화 031)955-8888 | 팩스 031)955-8855
문의전화 031)955-1927(마케팅), 031)955-1916(편집)
문학동네카페 http://cafe.naver.com/mhdn
인스타그램 @munhakdongne | 트위터 @munhakdongne
북클럽문학동네 http://bookclubmunhak.com

ISBN 978-89-546-0910-4 04850
      978-89-546-0901-2 (세트)

잘못된 책은 구입하신 서점에서 교환해드립니다.
기타 교환 문의 031) 955-2661, 3580

www.munhak.com

● 문학동네 세계문학전집은 계속 출간됩니다